AF461321

TRAITÉ DV POËME EPIQVE,

Pour l'intelligence de l'Eneïde de Virgile, lequel doit estre joint aux Remarques de la Traduction qui en a esté faite

Par M. DE MAROLLES *Abbé de Villeloin.*

A PARIS,
Chez GVILLAVME DE LVYNE, Libraire-Iuré, au Palais, dans la Gallerie des Merciers, à la Iustice.

M. DC. LXII.
AVEC PRIVILEGE DV ROY.

Dignum laude virum Musa vetat mori. Hor. Carm. 4. Ode. 9.

A MONSIEVR DE MONMOR, CONSEILLER DV ROY EN SES CONSEILS, ET MAISTRE DES REQVESTES DE L'HOSTEL.

ONSIEVR

Ie n'ay point donné de Liures au Public, que ie ne les aye dediez à quelque Personnage illustre. Mon dernier Ouurage

& quelques autres que i'ay faits, contenus en diuers Volumes, l'ont mesmes esté au Roy pour les raisons que i'en ay dites, comme au plus digne & au plus grand objet que ie pouuois regarder pour soûtenir l'idée d'vn parfait Heros, & de la magnificence des pensées de trois Poëtes Heroïques : mais sur tout de Virgile, qui dans sa diuine Eneïde a celebré en faueur d'Auguste les actions memorables du Demy-Dieu, dont cét Empereur se glorifioit d'estre descendu. Ie n'ay pas crû aussi, que ie peusse mieux dédier le Traité que i'ay composé du Poëme Epique au suiet de l'Eneïde de Virgile, qu'à la Personne du Monde qui s'y connoist le mieux: A Vous, MONSIEVR, *qui sçauez de quelle sorte se doiuent estimer les Escrits des Poëtes, qui faites Vous-mesme de si beaux Vers en l'vne & en l'autre Langue, & qui iugez si bien de toutes choses. D'ailleurs, comme ie Vous honore parfaitement, & comme Vous meritez d'estre parfaitement honnoré, ie croirois auoir manqué à ce que ie Vous doy, si i'en auois autrement vsé. Ie me glorifie par tout de l'honneur de Vostre precieuse amitié, i'en ay d'autant plus de raison que i'y trouue les auantages d'vne protection singuliere, & par le credit que Vous auez, & par la dignité de Vostre Personne, & la*

consideration de vos Alliances, & par la courtoisie & la generosité de tout ce qui Vous appartient. O qu'vne vertu comme la Vostre me semble digne de veneration! Et que ie me sens touché de déplaisir, quand de Vostre belle & nombreuse Famille, la Maladie en vient frapper quelqu'vn, ou que la Mort en enleue quelque autre! Il seroit à souhaiter, MONSIEVR, *qu'il n'en perist pas vn seul. Mais quoy qu'il en soit, il ne faut pas craindre aussi qu'il s'en perde le moindre atome, bien qu'il s'en fasse vne separation tout à fait choquante, parce que ces atomes vne fois separez ne se reünissent plus de la mesme sorte qu'ils estoient, pour entrer dans le commerce de cette vie. Vous ne l'ignorez pas,* MONSIEVR, *& ce sont des choses terribles & difficiles à comprendre, dont il est pourtant aisé d'estre instruit chez Vous dans ces doctes Conferences des premiers Hommes du Monde, qui s'y assemblent vne fois la Semaine par la permission que Vous leur en donnez, & dont Vous faites Vous mesme vne partie si considerable. Mais, pour ne sortir point du suiet de cette Lettre, qui n'est que pour Vous supplier tres-humblement d'auoir agreable ce petit Ouurage que ie vous presente; Ie l'ay medité sur la Lecture que i'ay* *faite des anciens Poëtes. Quoy que plusieurs ayent trauaillé auant moy sur vn pareil dessein ; Ie croy pourtant auoir conduit ce Traité d'vne autre maniere que l'on n'a fait iusques icy en nostre Langue, & d'y auoir employé des choses qui ne se voyent point ailleurs. Il y en a d'assez particulieres, que d'autres n'ont peut-estre pas vuës, ou qu'ils n'ont pas considerées, comme ils n'en ont rien laissé par écrit : & i'ay essayé d'y iustifier Virgile de l'Anachronisme que plusieurs luy ont imputé au suiet de Didon : i'y fais voir clairement, ce me semble, que la durée de l'Epopée de l'Eneïde, sans les Epizodes, est de beaucoup plus que d'vne année, contre la regle d'Aristote, que son admirable Autheur ne s'est pas soucié de suiure en cela. Ie maintiens qu'il y a plusieurs sortes de Poëmes Epiques, & que pour estimer Homere, Virgile, & le Tasse comme ils le meritent, il ne faut pas s'imaginer, qu'il n'y ait point d'autres Poëmes Heroïques que ceux qu'ils nous ont laissez : qu'ils ne sont pas les seuls qui soient composez sur les regles du bon sens, qu'il faut toûjours suiure : qu'Aristote mesme auec sa grande reputation, ny Horace, ny le Tasse, ny Iules Scaliger, ny Vossius, ny tous les autres excellens Hommes en ces sortes de connoissances, qui les ont suiuis, ne ſont pas infaillibles : que chacun qui ſe trouue nay pour les délices des Muſes, & des Graces Poëtiques, doit ſuiure ſon Genie, & s'accommoder à la portée de ſon ſuiet, pouruû qu'il ſoit bien choiſy ; qu'il y faut rechercher vne grande varieté pour ne faire pas touſiours la meſme choſe, & que c'eſt vn grand abus de s'imaginer qu'il ne ſoit beſoin que de changer les noms & les auantures des perſonnes de l'Eneïde ou de l'Odyßée pour faire vn Poëme Epique. Ie ſuis perſuadé, au contraire, & peut-eſtre* MONSIEVR, *que Voſtre ſentiment ne ſera pas tout à fait éloigné du mien, qu'il n'eſt rien de plus mauuaiſe grace, ny de plus ennuyeux que de ne chanter iamais qu'vne meſme choſe, & que tout ce qui ſe fait dans cette vuë là, ne ſçauroit eſtre, à le bien prendre, qu'vne copie vulgaire d'vn excellent Original. Mais, peut-eſtre que l'on me dira que pour en bien parler, & pour en bien iuger, il faut eſtre Poëte, & que ie ne le ſuis pas. I'auouë,* MONSIEVR, *que i'ay peu de part à la gloire des Poëtes, & que i'ay fait peu de Vers ; mais il faut auoüer außi que i'en ay leu beaucoup, & que i'en ay beaucoup interpreté. Il ne faut pas touſiours eſtre grand Peintre pour bien iuger des excellentes Peintures, ny tout à fait sçauant dans l'Architecture, pour connoistre que la magnificence de celle du Louure, qui croist de iour en iour deuant nos yeux, composera bien-tost la plus belle Maison Royale qui fut peut-estre iamais. D'ailleurs, nous ne lisons point qu'Aristote ait fait beaucoup de Poëmes en son temps, quoy qu'il nous ait laißé de si beaux preceptes de l'Art Poëtique. Ie n'ay point sçeu que Ricobon, Robertellus, Castel-Vetro, Riccius, Piccolomini, Voßius, & tant d'autres qui ont trauaillé sur le mesme suiet, eussent esté des Poëtes fort fameux. Cela donc n'est pas absolument necessaire : mais il en faut tousiours auoir le bon goust : & s'il n'y auoit que les Ouuriers qui deussent iuger des beaux Ouurages, tous ces excellents Chef-d'œuures de l'Art seroient certainement pour le plaisir de peu de personnes. Et si beaucoup d'autres gens que ceux qui composent des Liures, n'estoient assez raisonnables & d'assez bon esprit pour en bien iuger, i'ose croire qu'ils seroient fort inutiles, & qu'ils seroient rarement leus. En verité,* MONSIEVR, *tout ce que Nous escriuons sera tousiours fort inutile, s'il ne doit plaire qu'à ceux du Mestier, qui ne sont pas tousiours les plus complaisans, ny de la plus belle humeur du Monde pour les*

Ouurages d'autruy. Il y en a peu qui vous ressemblent, & fort peu qui soient tout ensemble fort intelligens, fort ciuils & fort obligeans. Ie n'ay, ny le dessein, ny l'enuie de vous préoccuper, il seroit mal-aisé d'y reüßir, & i'attendray sans impatience; mais non pas sans respect, & sans beaucoup de confiance en vostre bonté, le iugement que vous ferez de l'Ouurage que donne encore au Public.

MONSIEVR,

Vostre tres-humble & tres-obeïssant seruiteur.

M. DE MAROLLES
Abbé de Villeloin.

Aut prodesse volunt, aut delectare Poëtæ
Aut simul & iucunda & idonea dicere vitæ.

Horat in arte.

Traité du Poëme Epique.

'ESTANT proposé de faire quelques obseruations sur plusieurs choses que i'ay cruës pouuoir estre vtiles à la structure d'vn Poëme Epique, suiuant le modelle de l'Eneïde de Virgile, i'ay bien voulu mettre ce petit Traité que i'en ay composé exprés au commencement où à la fin de mes Remarques.

Ie l'ay distribué en quinze Chapitres, dont vociy les Tiltres.

CHAP. I. *Ce que c'est que Poëme Epique, & de ceux qui ont composé des Ouurages Poëtiques de cette qualité.*

CH. II. *De l'Epopée ou du suiet du Poëme Epique, & de ceux qui en ont traité.*

CH. III. *De l'Epizode, ou des Narrations accessoires qui ne sont pas du suiet principal.*

CH. IV. *De la fiction dans l'Epopée, où il est traité de l'Anachronisme imputé à Virgile au suiet de Didon.*

TRAITE' DV POËME EPIQVE,

CHAPITRE PREMIER.

Ce que c'est que Poëme Epique, & de ceux qui ont composé des Ouurages Poëtiques de cette qualité.

PRES auoir escrit beaucoup de choses en d'autres rencontres sur des matieres assez diuerses, ie veux bien dire aussi mes sentimens du Poëme Heroïque, dont quelques-vns ont conceu vne si haute idée qu'à peine se peuuent-ils persuader que l'Eneïde soit digne de la reputation qui la suit, depuis tant de Siecles.

Ils veulent qu'outre l'Vnité du sujet, il y ait aussi vnité de personne principale, & que le Heros inspiré du Ciel, paroisse au monde auec des actions presque diuines, ou pour le moins fort au dessus de la portée commune des hommes, pour des conqueſtes fameuſes, ou pour le renouuellement de quelque grand Empire, auec des auantures merueilleuſes de guerre & d'amour, ne donnât pas moins de preuues de ſa diſcretion que de ſa valeur, aprés auoir ſurmonté des trauaux infinis, & s'eſtre ſignalé par vne pieté exemplaire, qui n'incommode pourtant point la bien-ſeance, & qui ne l'empeſche point auſſi d'eſtre galand. Qu'au reſte, on ne doit point tirer ſimplement ce Heros des Hiſtoires Saintes, ny Profanes, parce qu'aux vnes, le reſpect qui leur eſt deu, ne permet pas qu'on y puiſſe rien changer: & des autres vn Chreſtien ne ſçauroit emprunter vn ſujet tiré de l'Hiſtoire ou de la fable pour celebrer la gloire d'vn Payen ſans démentir honteuſement ſa foy, ou bien oſter la grace de la vray-ſemblance à ſon ouurage qui ne ſçauroit eſtre pourtant ſupportable ſans cela.

Ainſi ie ne voy pas que ſur des regles ſi ſeueres, il ſoit bien aiſé d'entreprendre vn Poëme Heroïque, pour y acquerir de la reputation, & ie tiens meſme, qu'il eſt impoſſible d'y reüſſir ſi nous en deuons croire ces ſentimens. Mais quoy qu'il en ſoit, ceux qui ſoûtiennent cette opinion, ne ſont pas moins éclairez, qu'ils ſont iudicieux, & s'il faut auoüer que leur ſeuerité en cela eſt vn peu exceſſiue, & qu'ils prennent pour Poëme Heroïque vne ſpeculation trop fine qui ne ſe peut iamais reduire en pratique, ſi eſt ce qu'elle ne ſe doit point abſolument blaſmer, & qu'elle merite meſme qu'on l'examine auec ſoin, puis qu'elle doit ſon origine à des perſonnes illuſtres, qui ont écrit auec beaucoup de reputation, ſans eſtre pourtant ſatisfaites de tout ce qu'elles donnent au public, si elles en veulent estre cruës. Sans vser donc de plus longue preface, ie diray pour moy, que i'appelle Poëme Heroïque, *vn Ouurage Poëtique, écrit d'vn stile sublime & pur pour vn sujet graue & serieux, inuenté ou tiré de l'Histoire; orné d'Episodes, de descriptions, & de comparaisons iustes pour diuersifier la narration dans l'vnité d'action, instruisant agreablement son Siecle & la Posterité pour faire aimer les vertus & haïr les vices.* I'expliqueray si ie puis toutes les parties de cette definition, bien qu'elles s'entendent facilement. Mais quoy que l'Heroïque se puisse mesler dans tous les genres de Poësie: car il se rencontre mesme quelquesfois dans les Odes, dans les Sonnets, dans les Epigrammes, dans les Elegies & dans les Epistres, si est-ce que ie ne le considere icy proprement que dans le Poëme, que l'on appelle *Epique*, c'est à dire composé de grands vers, en plusieurs liures ou parties d'vne iuste estenduë, pour décrire les exploits guerriers de quelque fameux Heros, ou de plusieurs ensemble, qui ont signalé leur valeur en des rencontres difficiles, & pour des sujets importans, soit qu'ils paroissent enuoyez d'vne puissance supréme, par vne mission toute extraordinaire, ou que leurs exploits guerriers, & toutes leurs grandes qualitez dans toute la durée de leur vie ayent porté leur gloire si haut qu'ils ayent esté considerez dans leur Siecle, comme des personnes éleuées, par les faueurs du Ciel toutes particulieres, au dessus de la condition humaine.

Ie n'y comprens donc point ces illustres Poëmes de la Nature, écrits auec tant de pompe & de magnificence, tels que ceux de Lucrece, & des

Autheurs qui l'auoient deuancé en ce genre d'écrire, comme Pronopides & Creophilus de Samos, l'vn & l'autre, à ce que l'on dit, Precepteurs d'Homere, qui auoient composé des Cosmographies en vers, Xenophanes de Colophone surnommé le Physicien à cause d'vn Poëme de Physique de deux mille vers, dont il estoit Autheur, Parmenide d'Elée, Disciple de Xenophane & d'Anaximandre, qui auoit écrit vn pareil ouurage, aussi bien qu'Empedocle de la ville d'Agrigente en Sicile, Disciple de Parmenide; cét Empedocle si fameux, dont les vers qu'il poussoit d'vn Entousiasme diuin, ont donné de si belles marques de son sçauoir exquis, qu'apeine les Anciens se pouuoient persuader qu'il ne fust point sorty de quelque extraction diuine: Palephate d'Athenes, Crantor appellé *le solaire*, à cause de son application aux recherches de la nature du Soleil: Eratostene de Cyrene appellé *nouueau Platon*, qui mourut dans vne extréme pauureté, cherchant des remedes à ses yeux qu'il auoit affligez de douleurs tres sensibles: Antimache d'Heliopolis d'Egypte, qui écriuit vn Poëme de trois mille sept cens quatre vingt vers de la creation du monde, au rapport de Suidas: Manethus de Diospolis pour vn autre Poëme qu'il fit de la Phisiologie: Heraclite d'Ephese marqué pour l'obscurité de son stile dans ses ouurages Philosophiques: Et plusieurs depuis Lucrece, tels que Marc Varron le plus docte personnage des Romains, qui, comme luy, auoit écrit vn Poëme de la nature: Photius Sabinus qui mit en vers l'opinion des Stoïques: Serapion qui écriuit vne Philosophie entiere dans le mesme stile sous les

Empereurs

Empereurs Nerua & Trajan, sans parler de Thales de Milet, qui long-temps auparauant auoit composé vn Poëme des Meteores, d'Aratus Disciple de Menécrate, dont nous auons encore les vers de l'Astronomie, auec les traductions Latines qu'en firent Ciceron, & Germanicus, de Manile Autheur d'vn pareil ouurage sous l'Empire d'Auguste, de Thaletas de Crete qui écriuit deuant Homere vn Poëme de la guerison des maladies & particulierement de la peste, d'Andromaque, qui composa des vers du Theriaque sous Neron, de Nicander fils de Xenophane de Claros, de qui nous auons des pieces entieres sur le mesme sujet, d'Emilius Macer de Verone, qui écriuit des oyseaux, des serpens, & des herbes, d'Opian qui s'est pleu dans les descriptions de toutes sortes de chasses, de Cornelius Seuerus à qui nous deuons ce beau Poëme du mont Etna attribué à Virgile; mais de Virgile luy mesme, pour ses admirables Georgiques, de Varron, & de Columelle pour les choses rustiques, d'Ouide pour ses Fastes, de plusieurs Modernes Illustres en ce mesme genre, tels que Bucanan pour ses cinq liures de la Sphere, Sceuole de Sainte-Marthe pour ses 3. liu. de la Pædotrophie, ou de l'institution des Enfans, Hierôme Fracastor pout les 3. liu. de sa Syphilide ou de la maladie de la verole, Baptiste Mantuan pour ses Festes du Calendrier, feu M. Pinon Doyen du Parlement de Paris pour son année Romaine, l'Autheur de Callipedie, ou de l'art de faire de beaux Enfans, Saluste du Bartas pour sa premiere & seconde semaine, & plusieurs autres: où ie ne comprens pas aussi les Poëtes Moraux, Sacrez, & ceux qui ont esté diuinement inſpirez ; dont le nombre eſt aſſez grand. Mais ie n'entens parler icy que des Ouurages Poëtiques, tels que ceux qui nous reſtent d'Homere dans ſon Iliade & ſon Odyſſée, & de pluſieurs que la longue ſuitte des ſiecles nous a enuiez : car nous ſçauons que Coluthus de Lycopolis en Egypte auoit écrit l'Hiſtoire de Calydon en vers, auſſi bien que le rauiſſement d'Helene, & les nopces de Pelée & de Thetis. Apollonius Rhodius qui fut chargé du ſoin de la Bibliotheque d'Alexandrie, aprés Erathoſtene, eſt Autheur d'vn Poëme des Argonautes imité en tant de lieux par Virgile, & preſque tout traduit par Valerius Flaccus. Denys de Mitylene a écrit vn autre Poëme des Argonautes en 6. liures auec les expeditions de Bacchus & de Minerue. Ennius à qui Ciceron donnoit par excellence le titre de Poëte Epique, auoit écrit l'Hiſtoire & les Annales de Rome en vers. Tous ceux-là, ſi ie ne me trompe, ſe peuuent appeller Poëtes Epiques, auſſi bien que Virgile l'ornement & la Couronne des Poëtes. Il faut mettre en pareil rang Lucain, Silius Italicus adorateur de Virgile, Stace de qui l'éloquence charmoit tous ceux qui l'écoutoient reciter. Valerius Flaccus qui acquit beaucoup de reputation à Padouë, & en la petite ville d'Apone, d'où il eſtoit auſſi bien que Tite Liue & Stella qui eſtoient du meſme païs. Quintus Calaber de qui nous auons la continuation de l'Iliade d'Homere depuis la mort d'Hector, Claudien de qui la verſification eſt ſi pure, Torquato Taſſo pour les Italiens, Ronſard entre les François à cauſe de ſa Franciade, & pluſieurs Illuſtres Eſcriuains de noſtre temps, outre vn fort grand nombre d'autres Poëtes dont les Escrits ne sont pas venus iusqu'à nous; tels que Corinnus d'Ilion Disciple de Palamede, si le témoignage de Suidas en doit estre crû, Archimus disciple d'Homere, Leches de Lesbos, Pisandre d'Alexandrie ou de Rhodes, que l'on tient plus ancien qu'Hesiode, & vn certain Trimatius, qui tous auoient composé des Poëmes de l'Iliade: Philostrate d'Athenes du temps d'Epaminondas, qui en auoit fait vn autre de la vie de Thesée qu'il appelloit *la Theseïde* : Panyasis fils de Poliarque d'Halicarnasse, qui auoit fait l'Heraclienne ou l'Histoire d'Heracle: Antimache de Colophone, Anthagoras de Rhodes, & Ponticus, qui auoient composé des Poëmes de la Thebaïde: Simonide de la Magnesie qui s'estoit occupé dans la description des exploits guerriers du grand Antiochus: Chetille de Samos qui auoit écrit des guerres de Xerxes: Archias d'Antioche, celuy-la mesme pour qui Ciceron prit la defense, qui auoit composé vn Poëme Heroïque de la guerre des Cimbres: & Theophanes de Mitilene, qui en auoit fait vn autre des actions de Pompée le Grand. Venantius Fortunatus Espagnol en a fait vn depuis de la vie de Saint Martin (car i'appelle aussi Epiques Heroïques les Poëmes de cette qualité) & certes, il ne faut pas d'outer qu'ils ne le soient, du moins, Ciceron, Horace, Quintilien, Suidas, Lilius Giraldus, Pierre Crinit, Adrian Turnebus, Iules Cesar Scaliger, & Gerardus Vossius, qui s'y connoissoient vn peu, sont-ils de cét auis pour ceux qui les ont precedez, & que ie viens de nommer, bien qu'ils n'en ayent pas fait l'enumeration que ie viens de faire : car, pour en dire la verité, ils ont tous essayé de suiure les regles du Poëme Epique que le bon sens, & vn certain vsage leur auoit appris: & ceux qui nous restent des Anciens en ce genre-là, quoy qu'on en die, ne s'y sont pas beaucoup trompez, auec la difference neantmoins du plus ou du moins de genie, de beau naturel, d'inuention, & d'élocution.

Plusieurs d'entr'eux, pour n'estre pas arriuez au degré de Virgile entre les Latins, n'ont pas laissé de faire des Poëmes Illustres. Celuy de la Thebaïde, si ie ne me trompe, doit estre mis au premier rang, aprés celuy de Virgile. Ceux de Valerius Flaccus & de Claudien, lesquels sont composez sur la fable, pour le voyage des Argonautes, & pour le rauissement de Proserpine, sont dignes de beaucoup de loüanges. Mais celuy de Lucain composé sur l'Histoire des guerres Ciuiles entre Cesar & Pompée, les passe de beaucoup, & celuy de Silius de la guerre Punique, selon la pensée de Scaliger, doit estre mis en suitte, bien qu'il soit le plus long. Ie regarde aussi le Poëme de Catulle des Noces de Pelée & de Thetis, comme vne assez belle Idée du Poëme Heroïque, aussi bien que les Fragments que nous auons dans la Satyre de Petrone de deux Poëmes, l'vn de l'embrasement de Troye, & l'autre du mesme sujet de la guerre Ciuile, que Lucain s'estoit proposé; sans parler de quelques autres Fragmens de Pedo Albinouanus, qui auoit écrit du voyage de Germanicus, & de Claudien sur la Gigantomachie; outre les Poëmes acheuez & imparfaits des Modernes en ce genre-là: ie dis acheuez, comme les couches de la Vierge de

Sanazare, la Christiade de Vidas, le Ioseph de Fracastor, l'Afrique de Petrarque, la Ierusalem deliurée du Tasse, le Moyse sauué de Monsieur de Saint-Amant, l'Alaric ou la Rome vaincuë, de Monsieur de Scudery, le Clouis de Monsieur des Marets, le Saint Louys ou la Couronne reconquise, le Grand Constantin, & l'Ignatiade des RR. PP. le Moine, Mambrun & le Brun Iesuites, & imparfaits, comme la Franciade de Ronsard, & la Pucelle ou la France deliurée de Monsieur Chapelain, dont nous n'auons que la moitié, attendant les Poëmes de Iosué, de Charles-Martel, de Charlemagne & quelques autres, ou en Latin & en François, qui nous sont promis, lesquels seront tous sans doute des ouurages fort accomplis, comme il est aisé de le iuger par le merite de leurs Autheurs.

Ie ne voudrois pas exclure entierement de tout cecy, les Metamorphoses d'Ouide, les Rolands Amoureux & Furieux, du Boyardo & de l'Arioste, surnommé *Diuin*, ny l'Adone du Caualier-Marin, ie ne les y voudrois pas aussi absolument ranger, par ce qu'ils semblent composer vn genre differant meslangé de plusieurs.

I'expliqueray maintenant en peu de paroles toutes les parties de la definition que i'ay faite du Poëme Epique, pour montrer qu'elles conuiennent à tous ces grands labeurs, & puis i'y feray des obseruations particulieres & plus amples dans les Chapitres suiuans.

Tous les Ouurages, dont ie viens de parler sont écrits Poëtiquement & d'vn stile sublime, les vns inuentez sur les Fables receuës, ou sur les fondemens d'vne Hiſtoire fort éloignée, commencez par le milieu de la Narration, comme celuy de Virgile : & les autres purement Hiſtoriques, ſans interrompre le fil de la Narration, comme ceux de Lucain, de Silius, & de la Pucelle; mais qui ne laiſſent pas d'eſtre enrichis de tout ce qui peut embellir vn Poëme Epique, ſans y obmettre le merueilleux, qui en fait vne partie conſiderable, quand il ſe trouue meſlé auec le graue & le ſententieux. Et de fait, dans Lucain, les agitations de la Preſtreſſe Phemonoë, les Enchantemens de la Sorciere Ericto, vne infinité de perils ſurmontez par la bonne fortune de Ceſar, & la Iournée de Pharſale, où tant de peuples furent défaits, ſont de ce nombre-là. Au reſte, dans lequel eſt-ce de ces Autheurs qu'il ne ſe trouue point des Epizodes conſiderables ? Le combat d'Hercule & d'Antée, & toute la Fable de Meduſe pour parler de l'origine des Serpens de Libye, n'en ſont-il pas de celebres dans la Pharſale de Lucain ? Les Deſcriptions de cét Autheur ſont riches, auſſi bien que ſes Comparaiſons : & quand les parties d'vn Poëme tel que le ſien ſe rapportent à vn tout qui s'acheue par vne grande Cataſtrophe, elles conuiennent parfaitement à l'vnité d'action, dont nous parlerons plus amplement en ſon lieu. Or comme par le mot d'Iliade, nous entendons vn Poëme de la guerre d'Ilion, ou du ſac de Troye, ainſi que par l'Odyſſée, nous nous attendons de lire les fortunes & les auantures d'Vlyſſe. Le ſeul nomde l'Eneïde nous fait eſperer vne Narration illuſtre des exploits d'Enée, & de ſes Victoires en Italie. Les Argonautes regardent la conqueſte de la Toiſon d'or:

La Thebaïde comprend l'Histoire du siege & de la prise de Thebes. L'Achileïde décrit la jeunesse & la vaillance d'Achile. La Pharsale fait vne admirable peinture des guerres Ciuiles qui se terminerent aux deux journées de Pharsale, qui est vn endroit de païs dans la Thessalie, où elles se passerent auec vn succés assez funeste. Le Poëme de la guerre Punique considere principalement les auantures & les fortunes d'Anibal Prince de Carthage, contre les Romains: Et quelques Poëtes Anciens auoient composé la Theseïde, l'Heraclide & l'Amazonide, pour les Histoires de Thesée, d'Hercule, & des Amazones.

Tout cela, comme nous l'auons dé-ja dit, regarde vne fin principale qui s'appelle vnité d'action & de suiet, mais non pas de personnes: car en effet, il n'y a guere de Poëme Epique, où il ne s'en rencontre plusieurs, à qui l'on peut donner le nom de Heros. Ainsi dans l'Iliade, Homere celebre du costé des Grecs, Agamemnon, Achile, Menelas, Nestor, Vlysse, Diomede, Teucer, les deux Ajax, Idomenée, & Patrocle: du costé des Troyens Hector, Enée, Antenor, Troile, Deiphobe, Sarpedon, Memnon, & Glaucus. Dans l'Eneïde, Virgile en admet aussi plusieurs auec Enée, tels que le jeune Ascagne, Sergeste, Menestée, Messape, Pallas, Turnus, Lauzus, & Camille. Dans la Thebaïde, Stace parle d'Etheocle & de Polynice, & chante les exploits guerriers d'Amphiaras, de Tydée, d'Hippomedon, de Parthenopée, & de Capanée, sous l'authorité d'Adraste, dont la varieté des auantures & des combats est admirable: Et dans Lucain, nous auons Cesar & Pompée, le vaillant Sceua, le hardy Curion, le fidele Vulteïus, le genereux Brutus, & l'inflexible Caton. Certes, on lit dans le Poëme de cét Autheur, des actions aussi belles & aussi fortes de ces hommes excellents, que des Heros de la Fable. Ie n'en dis pas moins du Poëme de la guerre Punique de Silius, où Annibal, Scipion & Flaminius, paroissent tres-magnanimes & tres-valeureux, sans interrompre le fil de l'Histoire, ny sans alterer ses importantes veritez, parmy les inuentions Poëtiques qui ne se trouuent gueres plus heureusement employées dans les suiets fabuleux. Et des vns & des autres, on recueille de belles instructions pour les mœurs, & pour les connoissances de la Nature; mais principalement de Lucain, qui est presque l'vnique des Anciens à faire de grandes reflections sur toutes les choses qu'il represente auec vne expression forte & genereuse, qu'il suffit bien d'égaler en le voulant imiter, sans pretendre à la gloire de le surpasser.

CHAPITRE II.

De l'Epopée, ou du suiet du Poëme Epique, & de ceux qui en ont traité.

SANS m'arrester à parler de l'origine du mot d'Epopée qui est Grec, ie pretens l'expliquer assez, quand ie diray que c'est le sujet ou la Fable du Poëme Epique, lequel décrit auec ornement, & auec la magnificence des vers Heroïques les actions memorables de quelque personnage fameux, pour quelque fin glorieuse, qui serue non seulement aux délices de l'esprit, mais encore à l'instruction des bonnes mœurs, & sur tout à faire conceuoir vne haute idée de l'amour de son païs & des respects qui sont dubs aux Loix diuines & humaines: car, en effect, cette Epopée, n'est autre chose que cela, selon Aristote dans sa Poëtique, dont demeurent d'accord Eusthatius, Ttzetzes dans les Prolegomenes de ses Commentaires sur la Cassandre de Licophron, & presque tous ceux qui en ont écrit depuis.

Mais cette Epopée ne se doit pas faire connoistre auec moins de clarté que de pompe & de Noblesse d'expression, & rien ne la doit embarasser, bien qu'il n'en faille pas exclure les Epizodes qui sont des especes de digressions longues, & breues, directes & indirectes, qui l'embellissent merueilleusement, quand elles sont iudicieuses & tirées du mesme sujet. Il faut aussi que cette Epopée soit courte, ou pour mieux dire, qu'elle se puisse rapporter en peu de paroles, comme Aristote nous en a donné l'exemple du Poëme de l'Odyssée d'Homere, dans le dixseptiéme chapitre de sa Poëtique, sans parler des Epizodes qui y sont, ny des noms des personnages ou des Heros qui composent l'action. Quelqu'vn, dit-il, qui s'estoit engagé dans vn long voyage, où il perdit en diuers naufrages ses compagnons & ses vaisseaux, fut plusieurs années absent de sa maison, où ses biens estoient dissipez par des Estrangers, qui faisoient l'amour à sa femme, & qui conspirerent la mort de son propre fils. Toutesfois ce personnage ayant surmonté vne infinité de perils & de mauuaises fortunes reuint en sa maison, & se seruit heureusement de sa prudence & de sa valeur pour exterminer ces voleurs, ses ennemis. A quoy Aristote ajouste. Ce sont là proprement les choses qui appartiennent à l'Epopée du Poëme de l'Odyssée, & tout le reste se doit comter pour Epizodes.

Ainsi l'Iliade se pourroit décrire en aussi peu de paroles, à peu prés en cette sorte. Agamemnon Souuerain Chef de l'Armée des Grecs, abusant de son authorité absoluë auoit iniustement enleué Briseïs au valeureux Achile, qui s'en fascha tellement qu'il ne voulut plus faire la guerre, dont l'armée souffrit de grandes pertes, & ses plus considerables Capitaines furent tuez ou mis en fuitte. Cependant Achile ne se pût appaiser par aucuns presens qui luy furent faits; Mais enfin Patrocle qu'il aimoit cherement, ayant esté tué par Hector, il reprit les armes pour vanger sa mort, se signala par vn grand nombre d'exploits guerriers, tua le vaillant Hector, & restablit les affaires des Grecs.

Quant au suiet de l'Eneïde de Virgile, il n'est pas plus long que celuy de l'Iliade, si l'on en excepte les Epizodes, & les admirables descriptions auec la noblesse & la magnificence de l'expression : car il consiste seulement, en ce qu'Enee depuis l'embrazement de Troye ayant fait équiper des Vaisseaux pour venir en Italie, d'où ses Ancestres tiroient leur origine, y aborda enfin, aprés auoir surmonté beaucoup de trauerses & de perils sur terre & sur mer. Il y fut receu ciuilement par le Roy, qui le choisit pour son Gendre, au lieu de Turnus fils de Daune, Prince des Rutules, qui auoit demandé en mariage Lauinie sa fille vnique; ce qui fut cause d'vne grande guerre & de plusieurs combats, dont Enée estant demeuré Victorieux, fut mis en possession de la Princesse & du Royaume de son Pere.

Il en est de mesme de la Thebaïde de Stace, dont l'Epopée ne consiste qu'en la décision de la querelle de Polynice & d'Etheocle son Frere enfants d'Oedipe, qui deuoient commander à Thebes tour à tour, depuis l'abdication volontaire de leur Pere incestueux qui les auoit eus de sa Mere Iocaste, aprés auoit tué son Pere Laïus sans y penser. Car Etheocle ayant esté éleué le premier par force sur le Trône de son Pere, n'en voulut point descendre pour y laisser monter son Frere, comme il s'y estoit luy mesme obligé par vn Traité fait exprés, ce qui donna suiet à l'horrible guerre qui luy fut declarée par son Frere Polynice, auec le secours d'Adraste, & de cinq autres Heros qui y perirent tous diuersement, excepté Adraste, aprés s'y estre signalez, par des exploits merueilleux.

Pour la Pharsale de Lucain qui est vne piece imparfaite, parce que son Autheur n'eut pas le temps de l'acheuer, son Epopée est toute l'Histoire de la guerre Ciuile pour les interests particuliers de Cesar & de Pompée, depuis le retour de Cesar en Italie, aprés sa conqueste des Gaules, iusques à la seconde journée de Pharsale dans les Champs Philippiens, où perit le genereux Brutus: car Lucain auoit dessein de conduire iusques-là, le suiet du Poëme illustre qu'il a finy auec sa vie à la mort du ieune Ptolemée Roy d'Egypte, Frere & Mary de Cleopatre.

Cét Ouurage, aussi bien que celuy de Silius Italicus de la guerre des Carthaginois, se pourroit dire en quelque façon d'vn autre genre que les premiers dont nous venons de parler, parce qu'en effet, il ne paroist pas qu'il y ait tant d'inuention du Poëte, bien que la grandeur de l'élocution, & les autres ornemens de la Poësie Epique n'y soient pas oubliez.

Voilà donc proprement ce que c'est que l'Epopée qui s'employe rarement toute seule sans Epizodes dans la composition d'vn Poëme Epique, pour le rendre fort accomply. Celuy d'Ennius que Ciceron n'a point iugé indigne de son estime estoit pourtant de la sorte, contenant l'Histoire & les Annales de Rome, & nous en auons vû quelques-vns semblables dans la basse Latinité, comme celuy d'vn Poëte Saxon de la vie de Charlemagne, celuy de Guillaume le Breton, du Regne de Philippe Auguste, vn autre de Nicolas de Braya, du Regne de Louis VIII. & celuy de la Nanceïde de Pierre de Blaru, où se trouue décrite la guerre & la Victoire de René Roy de Sicile & Duc de Lorraine, contre Charles dernier Duc de Bourgogne. Mais, pour en dire la verité, ces Poëmes ne sont pas trop charmans, non plus que les Poësies d'Alain Chartier sur les suiets de l'Histoire de son temps: Et quoy qu'il s'en pust escrire de meilleurs dans le mesme dessein, ie croy qu'il seroit assez inutile de s'en donner la peine, & que le plus seur est de suiure les regles que nous en ont données les Maistres de l'art, tels qu'Horace & Macrobe, aprés Aristote, & entre les Modernes Robortellus, Scaliger, Vossius, Castel-Vetro, Picolomini, Vida, Paccius, Ricobon, Paul Benni, & les Peres Iesuites Iacques Pontanus, Pierre Manbrun, Pierre le

Moine, & Laurent le Brun, M. Chapelain dans ſa Preface ſur l'Adone du Caualier-Marin, & dans ſa Preface ſur la Pucelle, & Meſſ. de Scudery & des Marets, dans les Prefaces de leurs Poëmes illuſtres. A quoy quelques vns pourroient adjoûter ce que Ronſard, Ioachin du Bellay, Charles Fontaine, Peletier, & le Sieur de Deimier ont écrit de l'art Poëtique, ſans qu'il ſoit neceſſaire que i'allegue icy ce qu'en ont composé Monſ. de la Meſnardiere Lecteur du Roy; Monſ. l'Abbé Hedelin dans ſa Pratique de Theatre, Monſ. de Scudery dans ſa Diſſertation ſur le Cid, feu Monſ. Colletet, Monſ. Corneille dans vne Preface qu'il a faite, Monſ Mairet ſur ſa Syluanire, parce ce que ces beaux Ouurages ne concernent que le Poëme Dramatique, & non pas l'Epique, au ſuiet que nous en parlons. Il en eſt de meſme des illuſtres traittez du Poëme Paſtoral & du ſtile Burleſque, écrits tres doctement en Latin par les Peres Ieſuiſtes, René Rapin & François Vauaſſeur, où l'vn & l'autre font voir qu'ils ſont parfaitement éclairez dans les connoiſſances du Poëme Epique. Mais ie retourne à mon propos.

Ce n'eſt pas que pour cela on ne puiſſe tirer de l'Hiſtoire le ſuiet du Poëme Epique: Ie tiens meſme qu'il eſt auantageux de le tirer de là, comme l'a bien iuſtifié M. de Scudery dãs ſa belle Preface ſur l'Alaric; pouruû que le choix en ſoit fait auec iugement, & que le Heros couronne ſa vie par vne fin glorieuſe, ou qu'il n'y aille de rien moins que de la conqueſte de quelque grande choſe, ou de la déliurance d'vn grand Eſtat. Il faut neantmoins, que ce ſoit de telle ſorte, que l'on en raconte vne bonne partie dans les Epizodes, & que l'vnité d'action y ſoit touſiours obſeruée. Ie diray donc premierement ce que c'eſt qu'Epizodes, & puis ie parleray de l'Vnité d'action.

CHAPITRE III.

De l'Epizode, ou des Narrations acceſſoires qui ne ſont pas du ſuiet principal.

IL n'y a point de difference entre les Epizodes & les digreſſions qui s'employent auec tant de grace dans les Poëmes Epiques, quand elles en ſont dignes, & qu'elles ſe ſoûtiennent par vne beauté qui leur conuienne. Autrement elles y ſeroient ridicules, de quelque ſujet rare qu'elles peuſſent eſtre tirées, comme ſi vn Peintre vouloit ioindre vn col de cheual à vne teſte humaine, & couurir de diuers plumages quelques amas confus de membres rapportez de pluſieurs endroits, dont la partie d'enhaut fuſt d'vne belle femme, & celle d'en bas d'vn poiſon horrible.

Humano capiti ceruicem pictor equinam
Iungere ſi velit, & varias inducere plumas
Vndique colatis membris, vt turpiter atrum
Deſinat in piſcem mulier formoſa ſuperne.

C'eſt la penſée d'Horace: & certes, dit-il, ſi quelqu'vn voyoit vne telle peinture il ne pourroit s'empeſcher d'en rire. A quoy il adjoute, qu'vn liure, où ſeroient repreſentées des images vaines, telles que ſont les reſueries d'vn malade ſans pieds & ſans teſte, reſſembleroit fort à ce ridicule tableau, bien que la puiſſance de tout oſer ait toûjours eſté également permiſe aux Peintres & aux

Poëtes. Car enfin, il ne faut point que les choses rudes soient meslées indifferemment auec les douces. On n'accouple point les serpens auec les Oyseaux, & les Agneaux ne demeurent pas en seureté auec les Loups.

Vn Epizode raisonnable, est donc proprement vne narration de choses qui sont à la verité hors du sujet, mais qui regardent le sujet & l'action principale directement ou indirectement. Ce qui s'exprimera beaucoup mieux, à mon auis, par l'exemple que par la définition.

Dans l'Odyssée d'Homere, le principal Epizode est celuy de quatre liures entiers depuis la fin du huictiéme liure iusqu'à la fin du douziéme, où le Poëte introduit son Heros qui raconte ses auantures à Alcinous Roy des Pheaciens, depuis son depart de Troye, iusqu'à la tempeste qui le ietta sur les costes de Scherie (c'est auiourd'uy Corfu) aprés auoir sejourné sept années dans l'Isle de Calypso, d'où il partit par les ordres de Iupiter. Là, sont descrits ses exploits de guerre contre les Cyconiens, son abord au païs des Lotophages, son arriuée en Sicile, & les horribles dangers qu'il y courut par les Cyclopes ayant creué l'œil à Polypheme fils de Neptune, son auanture des vents qu'il auoit renfermez dans des peaux de bouc, par le pouuoir qu'il en auoit receu d'Eole, celle des Lestrigons qui luy firent perir onze vaisseaux, son sejour dans l'Isle d'Æée auprés de Circé, sa descente aux Enfers pour oüir les Propheties du Deuin Tiresias, le peril des Sirenes, les écueils de Carybde & de Scylla dans le détroit de Sicile, qu'il appelloit Trinacrie, la punition qui fut faite de ses Compagnons qui mangerent les bœufs du Soleil, & son arriuée dans l'Isle d'Ogygie, où la Nymphe Calypso le garda si long temps. Outre cét Epizode, il y en a plusieurs autres semez en diuers endroits de cét ouurage, comme celuy de ses exploits guerriers pendant le siege & la prise de Troye chantez par le Musicien Demodocus.

Dans l'Iliade, quelques-vns font passer pour Epizode, tout ce qui s'y trouue décrit depuis la fin du premier liure, iusqu'au commencement du dix-huictiéme, où Achile ne paroist plus: mais ie ne suis pas en cela de leur auis, parce que les pertes des Grecs qui y sont representées en diuers endroits, pendant la colere de ce Heros, seruent enfin à glorifier sa valeur, comme la Peripetie de cét Ouurage le fait assez voir. Toutesfois l'on ne peut nier, qu'il ny en ait beaucoup d'autres dans vne si grande suite, pour faire connoistre l'origine & les alliances de plusieurs Braues qui se signalerent dans les combats, les querelles particulieres des Dieux, & tout ce qui s'y raconte des neuf premieres années du siege de Troye, que le Poëte ne renferme point dans son Epopée.

Virgile dans son Eneïde, en employe aussi de tres agreables & tres importants, dont le principal & le plus grand de tous, est celuy du second & du troisiéme liure, où le Poëte raconte par la bouche d'Enée toute l'Histoire de l'embrasement de Troye, & les auantures diuerses de son Heros pendant sept années iusqu'à la tempeste qui le ietta des costes de Sicile en Affrique où sa Mere en habit de chasseresse luy fit connoistre qu'il estoit sur les terres de l'obeïssance de Didon. Mais celuy-là celuy-là n'est pas seul, chaque liure en renferme tousiours quelqu'vn de rare & d'important. Il y a dans le premier la description des magnificences de la Reine de Cartage: Dans le quatriéme la Renommée: Dans le cinquiéme, les jeux pour les obseques d'Anchise: dans le sixiéme, le sublime discours de la Metempsicose, auec la prediction des Illustres Romains qui deuoient descendre de la posterité d'Enée, & sur tout l'auguste famille des Cesars: Dans le huictiéme, l'antre de Cacus, & les choses representées sur le bouclier d'Enée, & ainsi du reste.

Stace orne également son Illustre Poëme d'Epizodes considerables, & entr'autres de celuy d'Hypsipyle qui nourrissoit le petit Archemore qui fut tué par vn serpent. Cette femme fut l'vnique d'entre celles de Lemnos, qui ne voulut point tremper ses mains dans le sang de son pere, & qui estant deuenuë femme de Iason, dont elle eut deux Enfans, elle les reconnut depuis par vne auanture merueilleuse, que le Poëte décrit en partie par la bouche de cette Dame, & en partie par luy mesme dans le quatriéme & cinquiéme liures de sa Thebaïde, sans parler de ceux de la Vertu, de la Pieté, des Furies, du Sommeil, & quelques-autres semez en diuers endroits.

Lucain quoy qu'il soit estimé par quelques-vns plus Orateur & Historien que Poëte, en a mis dans tous ses liures. Sa declamation contre le luxe, & sa description des Gaules dans le premier, se peuuent mettre en ce rang là, comme dans le second liure, l'Histoire des proscriptions de Marius & de Sylla par la bouche d'vn vieillard voyant le déplorable estat des guerres Ciuiles:

dans le troisiéme l'Origine & la Religion des Marseillois : Dans le quatriéme le combat d'Hercule & d'Antée : Dans la cinquiéme les agitations de la Prestresse Phemonoé : Dans le sixiéme la description qu'il y fait de la Thessalie & des enchantemens de la sorciere Ericto : Dans le septiéme les prodiges : Dans le huictiéme l'Isle de Lesbos : Dans le neufiéme les serpens de Libye, les Syrtes, & le Temple de Iupiter Ammon : Dans le dixiéme, le festin de Cleopatre & les débordemens du Nil.

Pour le Tasse dans sa Ierusalem déliurée ; Ce Poëte, les y oublie si peu, qu'ils n'y sont que trop forts & trop frequens, sans qu'ils seruent de rien à la gloire de Godefroy qui est son principal Heros, & entr'autres, ceux de Tancrede & de Renaud, qui d'ailleurs sont la plus belle partie de son ouurage ; quoy qu'elle ne soit pas la plus iudicieuse.

Dans le Moyse sauué de Monsieur de S. Amant, qui contient vne assez belle Idée du Poëme Epique, les Epizodes y égalent bien au moins l'estenduë de l'Epopée qui n'est que d'vne seule iournée en plusieurs parties, pour décrire comme Moyse Enfant fut exposé sur le Nil par les ordres de Pharaon : mais aprés y auoir couru destranges perils par les bestes & par les oyseaux, il fut enfin retiré de l'eau sur le soir par les soins de la Princesse Thermut qui s'y alloit baigner. Car tout le reste n'est pas proprement du sujet ; quoy que les choses futures que le Poëte y fait predire en songe, ou par d'autres visions de la vie de son Heros, y ayent vn rapport tout entier à sa gloire.

Dans l'Alaric ou la Rome vaincuë, de Monſ. de Scudery, il y en a auſſi quelques-vns de fort illuſtres, comme celuy de la Grotte d'vn Magicien dans le premier liure; l'Hiſtoire de la fille Laponne dans le ſecond; le Palais enchanté dans le 3. la Biblioteque dans le 5. l'Enfer dans le 6. la ſuite des Rois des Goths dans le dixiéme.

Le Poëme de la Pucelle ou de la France déliurée de Monſ. Chapelain, contient les Amours de la Princeſſe Marie de Bourgogne & du Comte de Dunois; la ſolitude & le bel équipage de la belle Agnes; la Galerie de Fontainebleau dans le ſeptiéme liure, l'ample prediction de la Voix Sainte dans le huictiéme, & pluſieurs autres.

Le Poëme de Clouis de Monſ. des Marets en a vn grand nombre auſſi bien que les Poëmes Heroïques des Peres Ieſuiſtes le Moine, Mambrun, & le Brun; dans leur Saint Loüis, Conſtantin & S. Ignace, le premier en François & les deux autres en Latin.

De tout cela, ie me perſuade qu'il ſera bien facile de conceuoir vne claire idée de l'Epizode raiſonnable qui peut entrer dans le Poëme Epique. Mais il y en a de grands & de petits, d'obliques & de directs: les petits, comme les comparaiſons ou les ſimilitudes, qui peignent quelque choſe des Mœurs ou de la Nature. Les Obliques qui ne ſeruent preſque de rien à l'Epopée, mais qui embelliſſent quelque incident, comme vne deſcription occaſionnelle, tantoſt d'vn beau païſage, tantoſt d'vne riuiere débordée, ou d'vn Serpent prodigieux, ou du vol des Oyſeaux, ou de quelque ſomptueux Palais, ou du Bouclier & de la Ceinture de quelque Heros, ou d'vn orage furieux, ou d'vne seicheresse étrange, ou d'vne maladie contagieuse. Les Directs, comme ceux qui seruent à faire connoistre l'extraction, les grandes qualitez, la conduite, & plusieurs actions memorables de ceux dont l'on a entrepris de celebrer la gloire, comme les grands Epizodes que nous auons tantost marquez d'Homere & de Virgile. Il s'en trouue aussi quelquesfois de superflus, ou que les Poëtes qui n'ont que trop de facilité poussent trop auant, tels que quelques-vns que nous pourrions auoir marquez; En quoy, il faut bien s'abstenir de les imiter. Mais les pires de tous, sont ceux qui ennuyent par l'excés de leur longueur, ou qui n'estant pas formez sur quelque noble suiet, ne laissent aucune belle image dont l'on puisse tirer de l'instruction, comme on en tire tousiours de ceux d'Homere dans son Iliade, qui nous font voir par l'exemple des Grecs, combien les peuples endurent de maux par la temerité & l'imprudence des grands Seigneurs.

Quidquid delirant Reges, plectuntur Achiui.

Et nous representent d'vn autre costé, combien ont de pouuoir la Sagesse & la Vertu, à l'exemple de cét Vlysse, qui vainquit les Troyens, & qui sceut si bien connoistre les Villes & les Mœurs des Nations, en surmontant par son courage & par sa patience des trauaux infinis.

CHAPITRE IV.

De la fiction dans l'Epopée, où il est traité de l'Anachronisme imputé à Virgile au suiet de Didon.

IL ne faut pas douter que la Fiction ne puisse entrer dans l'Epopée, pouruû qu'elle ne s'écarte point du vray semblable, & qu'elle ne s'admette pas dans vn temps si proche qu'on la puisse conuaincre de fausseté, ou qu'elle choque la creance commune : car si cela estoit, la vray semblance en seroit ostée, & le merite de l'ouurage, à cét égard, seroit fort diminué.

Cependant, on accuse Virgile d'y auoir manqué au sujet de Didon, & c'est de la que vient le reproche qui luy en est fait dans vne Epigramme d'Ausone, ou ce Poëte introduit cette Reine qui parle ainsi à quelqu'vn.

Illa ego sum Dido vultu quam conspicis, hospes,
Assimilata modis, pulchraque mirificis.
Talis eram : sed non, Maro quam mihi finxit erat mens,
Vita nec incestis læta cupidinibus.
Namque nec Æneas vidit me Trojus vnquam,
Nec libyam aduenit classibus Iliacis.
Sed furias fugiens atque arma procacis Iarbæ,
Seruaui, fateor, morte pudicitiam
Pectore transfixo : castos quod pertulit enses,
Non furor, aut læso crudus amore dolor.
Sic cecidisse iuuat, vixi sine vulnere famæ,
Vlta virum positis mœnibus oppetij.
Inuida cur in me stimulasti, Musa, Maronem,

Figeret vt nostræ damna pudicitiæ?
Vos magis Historicis, lectores, credite de me,
Quam qui furta Deûm concubitusque canunt.
Falsidici vates temerant qui carmine verum:
Humanosque Deos assimilant vitijs.

Cher hoste qui me regardes, ie te diray que ie suis de visage cette Didon qu'on a representée si belle par vn artifice merueilleux. I'estois telle asseurement que Virgile m'a dépeinte: mais non pas auec les inclinations & la volonté qu'il m'a données. Ie n'ay point esté sujette à des passions indignes de moy: Et certes, ie ne vis iamais Enée, & ce Prince Troyen n'aborda iamais en Libye: Mais ayant tousiours éuité les recherches importunes d'Iarbe, qui m'en fit des persecutions à force ouuerte, i'ay conserué par la mort l'honneur de la pureté. Ie me suis percée le sein des mesmes armes qu'il m'auoit mises à la main, & iamais l'amour ne m'a portée à cette extremité. I'ay voulu perir de la sorte, & i'ay vescu sans blesser ma reputation. I'ay vangé mon Mary, & i'ay finy mes iours aprés auoir fondé vne ville. Pourquoy, Muse enuieuse, as-tu inspiré Virgile de taxer ma pudicité? Pourquoy l'as-tu obligé de déchirer ma renommée sans en auoir donné de sujet? Vous qui lisez cecy ajoûtez plutost foy aux Historiens qui ont écrit de moy que non pas aux Poëtes-menteurs, qui chantent les amours & les adulteres des Dieux; qui corrompent la verité par leurs inuentions Poëtiques, & qui attribuent aux Dieux mesmes les vices des hommes. Iusques icy Ausone, qui ne dit pourtant rien du temps qu'à vescu Didon: mais seulement que le Prince Troyen ne la vid iamais, & qu'il n'aborda iamais en ſon païs. Cependant les vns diſent que Didon fille de Belus auoit eſté au monde cent ans deuant Enée, les autres, qu'elle n'y vint que cent ans depuis, pluſieurs 228. ans preciſement depuis la fondation d'Albe la longue, & quelques autres prés de trois cent ans depuis la meſme fondation d'Albe, qui eſt l'opinion qu'a ſuiuie le docte Ieſuite Denis Petau dans le 4. chap. du 2. liure de la premiere partie de ſon *Rationarium Temporum*, où il écrit au ſujet de Virgile, dont il blâme l'erreur, *minime itaque conſentanea eſt Virgilij ratio, qui æqualem Æneæ Didonem ſtatuit, quam trecentis fere annis poſtea vixiſſe conſtat*, & reconnoiſt en ſuitte que quelques-vns tiennent ſur des témoignages fort anciens que Carthage fut fondée deuant la ruine de Troye, *quamuis Carthaginem conditam ante expugnatum Ilium quidam ex antiquis ſcripſerint.* Ce qu'Euſebe ſemble authoriſer. Et dans ſon liure de la doctrine des Temps, il marque ſur vne authorité de Ioſeph dans ſon 1. liure contre Appion qu'en la 7. année du regne de Pygmalion Roy de Phenicie, Didon ſa ſœur s'eſtant retirée de Tyr pour éuiter la fureur de ſon frere, vint en Affrique où elle baſtit Carthage 134. ans deuant la fondation de Rome. Ce qui ne s'accorde nullement auec ce qu'il en a écrit au lieu que i'ay allegué, puis qu'il s'en faut beaucoup que 134. ans deuant la fondation de Rome ſoient prés de trois cent ans depuis la mort d'Enée, comme il eſt aiſé d'en faire l'induction ſur toutes les Chronologies que nous auons. Le pere François Vauaſſeur de la meſme compagnie que le fameux Denis Petau, écrit la mesme chose dans son liure *de Ludicra dictione*, qu'il addresse à feu Monsieur de Balzac, comme au Prince de l'Eloquence de son temps, & dit au sujet de Virgile dans la page 181. de ce bel ouurage, Que ce Poëte n'a eu nul sujet de trahir comme il a fait l'honneur de Didon, puis qu'elle a vescu trois cens ans depuis Enée. *Neque vllam rationem habuit vel temporis, cum ab Ænea Dido distaret ipsis trecentis annis* Telle est la pensée de Samuel Bochard dans le 24. liure de sa Geographie sacrée, suiuant les Historiens des Pheniciens raportez par Ioseph. Mais cela, dit-il, se doit expliquer du renouuellement de Carthage, & non pas de sa fondation. Sethus Caluisius, Vigner, Temporarius, & quelques autres excellents Chronologes que i'ay leus, sont dans vne pareille creance.

Ie ne sçay pas bien sur quoy se fondent les premiers, que Ronsard a suiuis dans le discours qu'il a fait du Poëme Epique; si ce n'est sur vne authorité d'Eusebe qui varie fort sur ce sujet; ny les seconds, que l'Autheur d'vn pareil discours du Poëme Epique sur l'Adone du Caualier Marin a trouué bon descrire. Mais ceux qui disent que Didon ne vesquit que 228. ans depuis la fondation d'Albe, s'authorisent d'vn passage de Iustin dans son 43. liure où cét Autheur écrit, *que le Prince Ascagne bastit Albe la longue qui fut la Capitale du Royaume des Latins trois cens ans deuant Rome.* Et dans le 18. l. parlant de Carthage. *Cette ville*, dit-il, *fut bastie 72. ans deuant Rome.* Orose écrit la mesme chose dans le 6. chap. de son 4. liure. Or de trois cens, si l'on en retranche 72. il en restera 228. Car les Roys d'Albe depuis la mort d'Enée, iusques à la fondation de Rome ont duré 300. ans selon le témoignage de tous les Historiens de l'Antiquité Romaine. Toutesfois, du nombre des années de la fondation de Carthage deuant Rome, Velleius Paterculus dans son 1. liure en retranche sept, & dit que *Carthage fut fondée 65. ans deuant Rome.*

Voila donc ce qu'auancent Iustin, Orose & Velleïus du temps de la fondation de Carthage: mais ils ne disent pas vn seul mot de Didon à cét égard: & quand ils en parleroient distinctement, ils pourroient s'estre trompez aussi bien que beaucoup d'autres sur l'erreur du premier qui s'y seroit mespris, comme ie le feray voir tantost. Mais il faut auparauāt considerer la descente Genealogique de Didon, par où nous connoistrons facilement le temps qu'elle a vescu, comme elle n'estoit point cent ans deuant la prise de Troye, & qu'elle n'est point aussi venuë au monde ny cent, ny deux cent, ny trois cent ans depuis. Sa Genealogie est telle de Pere en fils.

Inache fut Pere d'Io, qui des caresses de Iupiter engendra Epaphe. De celuy-cy sortit l'ancien Belus. De Belus vint Agenor, d Agenor Phenix, Cadmus, & la belle Europe. Phenix engendra Belus surnommé Metres ou Meteres: & de Belus second ou le jeune surnommé Meteres sortirent Didon, Pygmalion & Anne, comme il se peut induire de diuerses Genealogies, qui n'entrent point en contestation.

Ce que ie tire de là, est qu'Epaphe fils de Iupiter & d'Io fut celuy qui fit reproche à Phaëthon de ce que sa Naissance n'estoit pas legitime, dont ce jeune homme s'affligea de telle sorte, que pour luy iustifier le contraire, il obtint du Soleil son Pere la conduitte de son Char. Belus l'ancien fils d'Epaphe, & Pere d'Agenor, le fut aussi d'Egyptus & de Danaus: Danaus le fut des Danaïdes, & entr'autres d'Hypermnestre qui conserua Lyncée fils d'Egyptus son Oncle, & ne le tua pas, comme ses sœurs tuerent leurs Maris & Cousins Germains tous Enfans d'Egyptus. Hypermnestre donc & Lyncée engendrerent Abas & Iasius. Abas engendra Acrisius & Pretus. Acrisius fut Pere de Danaé, & Ayeul de Persée. Tout cela deuant la prise de Troye. De sorte qu'il n'y a point de repugnance d'admettre que Didon fille du jeune Belus, & parente d'Acrisius Ayeul de Persée fust du temps d'Enée.

Aussi estoit-ce la tradition des Romains que Virgile a suiuie, sans que pour cela, il faille adherer à Ausone, ny à tous les autres qui en ont parlé pour auoir esté mal informez de l'Histoire.

Mais examinons encore la mesme chose par les autres branches de cette Genealogie. Agenor Pere de Phenix, de qui Didon estoit descenduë en droitte ligne, comme les Historiens, & les Interpretes mesmes de Virgile, n'en disconuiennent point du tout, auoit aussi engendré Cadmus & Europe. De Cadmus qui fonda la ville de Thebes sortit Polydore: de Polydore, Labdacus, de Labdacus, Lajus, de Lajus, Pere d'Oedipe, Etheocle & de Polynice. Tous ceux-là deuãt la prise de Troye, comme il se iustifie par Thersandre fils de Polynice, & d'Argie fille d'Adraste, jeune Prince qui fut l'vn de ceux qui se renfermerent dans le cheual de bois, selon le témoignage mesme de Virgile dans le 2. liure de l'Eneïde, aprés Tryphiodore, & encore par Tydée amy & Beau-frere de Polynice, qui perit aussi auant la prise de Troye, puis qu'il fut tué deuant Thebes. Car Tydée laissa Diomede son fils si connû par ses exploits fameux au siege & à la prise de Troye, & qui depuis l'embrazement de cette ville s'estoit retiré en Calabre, au mesme temps qu'Enée vint en Italie, lors qu'il eut vne si grande guerre à soûtenir contre les Rutules & les Latins.

Or tout cela s'accorde fort bien auec le temps de Didon, qui fonda non pas Carthage; mais la forteresse de Byrse en Affrique, où depuis fut bastie la ville de Carthage. Cette vray-semblance ne sera pas moins appuyée du costé d'Europe sœur de Cadmus & de Phenix, & fille d'Agenor.

Europe que Iupiter enleua sous la forme d'vn Taureau engendra Minos & Rhadamante. Minos fut Pere d'Androgée qui fut tué par les Atheniens dans vne sedition populaire, au sujet de quoy Minos fit la guerre aux Atheniens: & s'en estant rendu victorieux, il assujettit Athenes à luy enuoyer tous les ans sept Garçons & sept Filles pour les exposer dans le labyrinthe que Dedale auoit basty, pour y renfermer le Minotaure, iusques à ce que Thesée Prince d'Athenes fut ietté au sort pour aller en Crete seruir de pâture au Monstre demy-Homme & demy-Taureau, mais il vainquit le Monstre, se débarrassa des détours du labyrinthe, & regna depuis à Athenes, aprés son Pere Ægée. Ce que Plutarque mesme a bien voulu obseruer. Tout cela encore deuant la derniere prise de Troye, comme personne n'en doute : car Thesée amy d'Hercule n'estoit plus au monde en ce temps-là : mais son fils Acamas, que Virgile appelle Atamas, fut encore l'vn de ceux qui se trouuerent renfermez dans le Cheual de bois. Ce que ce Poëte écrit aprés Tryphiodore, qui y comprend expressément les deux fils de Thesée & de Phedre, sçauoir Demophoon & Acamas. Si bien qu'il n'y a point encore de repugnance de temps de ce costé - là. Et ceux qui pensent que Didon Cousine d'Atamas Prince d'Athenes, estoit éloignée de la prise de Troye, & du temps d'Enée de cent, de deux cent, & de trois cent ans, se méprennent grandement, la Chronologie, & l'ordre de la consanguinité ne s'y pouuent nullement ajuster.

D'ailleurs, entre les Enfans de Minos & de Pasiphaé, il y en eut vn appellé Deucalion, qui fut Pere d'Idomenée celebre dans la guerre de Troye. Celuy-cy Pere d'Orsiloque, selon le témoignage d'Homere dans le 13. liure de l'Iliade, & le 19. liu. de l'Odyssée,

Mais, sans sortir de la branche de Didon. Phenix fils d'Agenor, qui donna le nom à la Phenicie, engendra Plisthenes & Belus second, Plisthenes Pere de Sichée, & Belus second Pere de Didon, de Pygmalion & d'Anne. De sorte que Sichée & Didon estoient Cousins Germains. Ce Plisthenes fut celuy qui bastit les Gades, & fut Prestre d'Hercule, qui auoit esté deïfié peu de temps auant la prise de Troye Ce qui fait assez quadrer le temps de Didon auec celuy d'Enée : & ie ne voy pas qu'aprés cela, il y ait lieu d'y former d'auantage de difficulté, ny qu'il soit aisé de se persuader que Belus second, Pere de Didon, qui auoit le germain ſur les Deſcendans de Cadmus, & d'Europe Princes de Thebes & de Crete, dont i'ay parlé, & qui auoient regné deuant la priſe de Troye, euſt eſté cent, deux cent & trois cent ans depuis Therſandre, Diomede, Idomenée, & Athamas fils de Theſée, qui veſquirent tous du meſme temps que le Prince Troyen.

Pour Iaſius ſecond, fils de Lyncée & d'Hypermneſtre, & frere d'Abas grand Ayeul de Perſée, comme ie l'ay déja dit, il engendra Atalante & Talaon. Talaon qui épouſa Lyſimache en laiſſa huict Enfans, & entre autres Adraſte Roy d'Argos qui fit la premiere guerre de Thebes. Cét Adraſte épouſa Amphitea, dont il eut Argie femme de Polynice, & Deïphile femme de Tydée, la premiere Mere de Therſandre, & la ſeconde Mere de Diomede, l'vn & l'autre du temps d'Enée, & proches de Didon en pareil degré de conſanguinité, comme ie penſe l'auoir démontré aſſez clairement.

Ie ſçay bien qu'il y a beaucoup de choſes douteuſes dans les Genealogies des Fables, & de tous les Perſonnages fameux pendant des ſiecles Heroïques. Mais, quoy qu'elles ſoient douteuſes, ſi eſt-ce qu'eſtant fondées ſur des Hiſtoires veritables ; mais de temps fort éloignez, on en peut touſiours tirer des conjectures aſſez raiſonnables, quand l'occaſion s'en offre à propos, comme elle fait icy.

Au reſte, il n'eſt pas neceſſaire de confondre Byrſe, ou Byſre en langue Phenicienne auec Carthage. Byrſe qui n'eſtoit qu'vne ſimple forteresſe pût bien eſtre fondée par Didon au temps de la priſe de Troye, & Carthage, qui tire ſon nom d'vne autre origine, ne fut fondée, si l'on veut que 72. ans deuant Rome, comme l'écriuent Iustin & Orose, ou 65. ans, comme l'écrit Velleïus. Byrse, signifie cuir de Bœuf, pour l'origine de cette place que chacun sçait, & que i'ay rapportée dans mes Commentaires sur le premier de l'Eneïde, & le nom de Carthage vient de *Charta*, si Iustin & quelques autres en doiuent estre crus, & a fait perdre le nom à la forteresse de Byrse, qui n'est deuenuë depuis qu'vne partie de Carthage. Mais les Historiens qui sont venus en suite, comme Denys d'Afrique, Herodian dans son 5. liure, & Appian qui a parlé assez distinctement de Byrse & de Carthage, ont pû confondre tout cela aisément, aussi bien qu'Ausone, & plusieurs autres qui ont écrit sur la foy de ceux qui les ont deuancez, & qui n'en estoient pas bien informez. Virgile parfaitement sçauant en toutes choses, en pouuoit estre mieux instruit que tous ceux-là. Et de ce que dans le dixiéme liure de l'Eneïde, il fait representer par le rare Eurytion sur le Baudrier de Pallas, fils d'Euandre, le crime qui se fit en vne seule nuict des solemnitez Nuptiales de tant de ieunes Maris indignement massacrez. C'est à dire le crime des Danaïdes; Cela fait bien voir qu'il tenoit cette Histoire plus ancienne que Troye, & qu'ainsi Didon qui touchoit de parenté aux Descendants de l'vne de ces Danaïdes, pouuoit bien estre aussi du temps d'Enée.

A quoy, i'adjoûte le témoignage d'Ouide dans ses Fastes en parlant d'Anne Perenne qui estoit en grande Veneration parmy les Romains, & de laquelle ils celebroient vne Feste, que cette

Anne Perenne estoit la sœur de Didon Elise, qui vint en Italie, depuis qu'Enée y fut estably: mais non pas depuis sa mort. C'est dans le 3. liure où il écrit

Aspicit errantem, nec credere sustinet Annam
Esse quid in Latios illa veniret agros, &c.

Cette coniecture est à mon auis assez singuliere; & ie ne croy pas que iusques icy, elle soit venuë en l'esprit de qui que ce soit; du moins ne m'en a-t-il rien paru: & s'il y a quelque bonne chose dans le raisonnement que i'en ay fait, ie seray bien aise qu'il serue à la reputation de Virgile tant de fois accusé d'auoir fait vn si estrange Anachronisme. Aprés cela, il n'est pas iuste de s'imaginer que l'on puisse suiure sur ce sujet l'exemple de Virgile, pour tomber dans vne pareille faute de iugement que celle que Seruius mesme luy impute à cét égard, aussi bien que les plus Illustres Interpretes de son noble ouurage. Et la fiction se doit admettre dans le Poëme Epique de telle sorte qu'elle ne paroisse pas éuidemment fausseté, ny par les circonstances du temps, ny par l'impossibilité, ny par la contrarieté des parties qui la composent. Elle ne doit point estre aussi contre la bienseance, ny sans quelque besoin pour le dessein de l'ouurage, comme il s'en voit de si belles & de si bien imaginées dans l'Eneïde, pareilles à celles où l'admirable Poëte introduit Venus qui se presente à Enée en habit de Nymphe chasseresse, pour luy conter les auantures de Didon, où la mesme Venus parle à l'Amour, afin que sous la ressemblance, d'Ascaigne, il fasse que Didon se sente esprise de la beauté & des perfections d'Enée: où il introduit la valeureuse Camille faire de si nobles exploits: où Iris & Iuturne se trauestissent tant de fois sous la forme de Bute, de Camente & de Metisque, pour abuser les Troyens & fauoriser Turnus, & ainsi du reste En quoy Stace l'a si bien imité dans son dixiéme liure de la Thebaïde, où il introduit la Deesse Vertu sous la forme de Mantho, pour fortifier le courage de Menecée;& dans l'onziéme liure, la Pieté qui descend du Ciel pour fleschir le cœur des deux freres armez l'vn contre l'autre qui s'alloient déchirer. Les fictions de Clorinde & de Tancrede, celles de Iocabel, de Lucine, d'Albionne, de la belle Agnes, d'Amalazonte & d'Almazonte, sont aussi considerables, dans les Poëmes du Tasse, & de quelques-vns de nos plus Illustres Poëtes Heroïques, sans parler de celle du Beroë dans le Poëme de Constantin, dont l'Autheur a écrit de si excellentes regles du Poëme Epique; ny de mille autres de cette qualité, qui se trouuent dans les Escrits des Poëtes qui se sont acquis de l'estime, & qui ont merité beaucoup de reputation.

CHAPITRE V.

De l'vnité d'action, & du temps qu'elle doit durer.

IE parle de l'Vnité de l'action ou du suiet: mais non pas de l'Vnité de la Personne; la premiere estant requise absolument dans le Poëme Epique, & nullement la derniere, bien qu'il s'y rencontre souuent vn principal Heros, pour l'amour duquel se forme toute l'œconomie de l'Ouurage, comme l'Odyssée d'Homere à cause d'Vlysse, & l'Eneïde l'Eneïde de Virgile à cause d'Enée, dont le bruit commun estoit que la Nation Romaine tiroit son origine, & que la gloire de son sang genereux estoit découlée dans les veines d'Auguste & de toute la famille des Cesars. Mais tous les Poëmes Epiques ne se ressemblent pas, & il y en a plusieurs qui ne sont pas de la nature de celuy-là, entre lesquels nous pourrions nommer l'Iliade, s'il y estoit seulement question de la prise d'Ilion, ou des diuers combats qui se passerent pendant les dix années du siege de Troye : la Thebaïde de Stace, où il ne s'agit que de la guerre de Thebes pour décider le differend qui s'estoit mû entre les deux freres Etheocle & Polinice : le voyage des Argonautes pour la conqueste de la Toison d'or, dont Apollonius & Valerius Flaccus ont écrit des Poëmes illustres : la Pharsale de Lucain: la guerre Punique de Silius Italicus, & quelques autres pieces semblables, qui pour auoir l'vnité d'action & de sujet, n'ont pourtant pas l'vnité de principal Heros ; puis qu'il s'y en rencontre plusieurs également principaux, & braues & valeureux, & que les Autheurs de ces nobles Ouurages, n'ont pas eu la mesme vuë que Virgile dans son Eneide. Ils ne s'écartent donc jamais de l'vnité de la Fable ou du sujet : & tous se deuant efforcer de répondre à ce qu'ils promettent d'abord, ie suis persuadé que ceux-cy entre tous les autres s'en sont dignement acquitez.

La question ne seroit donc plus que de sçauoir, si à le prendre à la rigueur, Stace, Valerius, Lucain & Silius, ont fait des Poëmes Epiques. Pour moy, ie n'en doute point ; tant pour les raisons que i'ay marquées au commencement de ce traité, que parce qu'il n'est nullement iuste de s'imaginer qu'il n'y ait point d'autres Poëmes Epiques que ceux qui se sont faits sur le modelle de l'Eneïde. Y eut-il iamais quelque Apollon qui nous ait prescrit ces regles? Et tous les Poëmes Epiques que nous verrons, ne seront-ils iamais autre chose que celuy de Virgile, apres ceux d'Homere, tourné en mille manieres differentes? Car, pour en dire la verité, la pluspart ne sont autre chose que Virgile sous des noms empruntez, ou sous d'autres habits, ou s'ils essayent de parler en sa langue, qui n'estant plus viuante, nous est aujourd'huy estrangere, ils n'en font que des Centons. De sorte que nous le trouuons chez les François, chez les Italiens & chez les Latins Modernes, dans les mesmes pensées, les mesmes comparaisons, & les mesmes inuentions. Ie voy presque par tout des Dieux assemblez au Conseil, iusques dans le Poëme des Couches de la Vierge de Sanazare. Ie voy par tout des Sibyles agitées, des Propheties d'vne longue & illustre posterité, des Cerberes, des Furies, & des Champs Elysiens. Iris ou Mercure, n'y manquent iamais. Neptune y est toûjours esgalement inconstant, & Iunon dépite, Apollon & les Muses sont incessamment inuoquez pour en estre inspirez: & bien que ce ne soit pas toûjours sous les mesmes noms, ce n'est pourtant que pour dire la mesme chose, auec la seule difference le plus souuent que ce n'est pas si agreablement.

Quel mal y a t-il donc de changer vn peu, & de trauailler à quelque chose de nouueau? Pourquoy ne faut-il compter pour rien ceux qui ont cherché d'autres inuentions, ayant retenu d'ailleurs tout ce qui est necessaire pour la construction d'vn beau Poëme? I'entens parler icy des Metamorphoses d'Ouide, des Rolands amoureux & furieux du Boyardo, & du Diuin l'Arioste, de la Conqueste de Granade, & de l'Adone du Caualier-Marin.

Certes, quoy que l'on en escriue, ou que l'on en puisse dire, Stace & Valere sont Poëtes Heroïques, & parce qu'ils ont tiré leur Epopée du Siecle & des actions des Heros, & parce que leur Stile est sublime & figuré, & qu'ils ont enrichy leurs Ouurages d'Epizodes exquis, & de tous les ornemens de la Poësie Heroïque, dont il n'y a pas lieu de douter.

Quant à la durée de l'action, il n'y a rien de prescrit precisement en cela: il faut neantmoins distinguer entre la durée de l'action dans l'Epopée seule, & la durée de l'action dans l'Epopée & dans les Epizodes conjointement: car celle de l'Epopée seule est beaucoup plus courte que l'autre, & ne doit mesme gueres passer vne année, selon la pensée d'Aristote, comme la durée de l'action dans le Poëme Dramatique ne doit estre que d'vn iour, ou elle est vicieuse. Cependant la durée de l'action dans l'Epopée de l'Eneïde, est pour le moins de quatre ou cinq mois au de là d'vne année, comme il a esté bien remarqué dans la Poëtique du Pere Mambrun, & il ne me sera peut-estre pas trop mal-aisé de le faire voir assez clairement. Mais la durée de l'action dans l'Epopée, & dans les Epizodes, & tous les autres ornemens qui composent ce diuin Ouurage, est de neuf années pour le moins, à commencer depuis la nuict de l'embrazement de Troye, iusques à la mort de Turnus : & à vn autre égard, elle se peut encore considerer depuis ce temps là mesme, iusques à l'Empire d'Auguste, dont la suitte de l'Histoire est touchée par vn recit Prophetique à la fin du 6. liure de l'Eneïde, & sur la fin du 8. liure, où le Poëte parle des choses que Vulcain auoit representées auec tant d'industrie sur le Bouclier d'Enée. Ainsi la durée de l'Epopée de l'Iliade est de prés d'vn an, selon Vossius & le Pere Mambrun dans leur Poëtique : car pour moy, ie ne la tiens pas du tout si longue, & ie ne sçay pas mesme si elle excede deux ou trois mois : mais sa durée entiere, en y comprenant les Epizodes auec l'Epopée, est de neuf ans : Et pour celle de l'Odyssée, elle est de 19. années en tout, quoy que son Epopée ne soit que de cinquante-cinq iours. Voicy de quelle sorte, comme il est aisé de le iuger des Liures de cét Ouurage.

Homere escrit dans le 5. liure de l'Odyssée que Mercure ayant esté enuoyé de la part de Iupiter à Vlysse, qui estoit arresté depuis sept années auprés de Calypso, Vlysse employa vingt iours à refaire son Vaisseau : & dit dans le mesme liure, qu'il en employa quatre, pour le munir de Voiles, de Cordages & d'Auirons, & que le cinquiéme iour Calypso luy donna congé : Il fait dire à Vlysse, qui raconte ses auantures à Arete dans le septiéme liure qu'il fut 18. iours en son voyage, auparauant que d'arriuer dans l'Isle de Scherie, qui estoit le païs des Pheaques, aprés auoir souffert vne tempeste de deux iours, & fait mesme naufrage ; De sorte qu'il se sauua comme il pût sur vne planche de son Vaisseau : Et ainsi le voyage & la tempeste sont de vingt iours, comme il est escrit au commencement du cinquiéme liure. Il demeura quatre iours chez Alcinoüis Roy des Pheaques, ce qui se iustifie par les Liures 6. 8. & 13. S'estant embarqué le dernier iour, il arriua la nuict suiuante tout endormy dans son Isle d'Ithaque, & se tint caché trois iours chez le Vieillard Eumée, comme il se prouue par le 17. liure, il vint chez luy, où il sejourna trois iours pour trauailler à la défaite des Poursuiuants, dont font foy les Liure 18. & 19. & fut vn iour chez son Pere Laërte, pendant le tumulte du peuple d'Ithaque, lequel fut enfin appaisé par la puissance de Minerue, comme il se voit dans le 23. liure. De sorte que tout cela ensemble ne fait pas dauantage de 55. iours.

Pour l'Epopée de l'Eneïde, son action est bien de plus longue durée, à commencer au départ d'Enée, de la ville de Drepane en Sicile, où il auoit enseuely son Pere Anchise, comme il le dit luy-mesme à la fin du 3. liure. Et le Poëte aprés la proposition de son Ouurage, commence ainsi sa Narration dans le 1. liure.

Vix è conspectu Siculæ telluris in altum
Vela dabant læti. ———

En suitte, Enée se trouuant accueilly d'vne furieuse tempeste, comme il s'estoit embarqué pour venir en Italie, fut ietté sur les costes de Libye; De là, il fut receu dans la maison de Didon, où il sejourna plusieurs mois parmy les délices qui luy firent perdre le souuenir des ordres des Dieux: mais enfin s'estant trouué obligé de partir de ce lieu-là, & d'abandonner Didon pour reprendre la route d'Italie, suiuant les commandements exprés qu'il en receut de la part de

Iupiter, vne autre tempeste l'accueillit, qui le rejetta en Sicile, où s'estant souuenu qu'il y auoit vn an qu'il en estoit party, il y celebra l'Anniuersaire des funerailles de son Pere Anchise, comme il se voit clairement par ces Vers du cinquiéme liure.

Annuus exactis completur mensibus orbis
Ex quo relliquias diuinique ossa parentis
Condidimus terra. ———

Pendant les jeux & les ceremonies de l'Anniuersaire, les femmes brûlerent les Vaisseaux, ce qui obligea le Prince d'en laisser quelques-vnes en Sicile : & aprés auoir équipé le reste de sa Flotte, & raccommodé les Nauires qui estoient rompus, où il falut employer quelque temps, son Pere luy apparut en songe : il prit congé d'Aceste, fit des sacrifices, & partit de Sicile. La nuit suiuante, le Pilote Palinure s'estant endormy tomba dans la Mer, où il fut trois iours entiers & trois nuits, & le quatriéme iour il apperceut enfin l'Italie. Cependant Enée aborde en Italie. Il y visite le Temple d'Apollon & l'antre de la Sibyle : il confere auec cette Sibyle des moyens qu'il y auoit, pour descendre aux Enfers, retourne au port, trouue Misene mort, & luy donne la sepulture A quoy, il faut encore employer du moins huict ou neuf iours, selon la coûtume des Anciens, puis estant de retour chez la Sibyle, ayant trouué le Rameau d'or, il descend aux Enfers, à quoy il ne donne qu'vne seule nuict. Le lendemain il retourne à ses Vaisseaux : Cajette nourrice d'Enée, meurt bien-tost aprés, & le Prince fait ses funerailles, où il faut encore employer huit iours.

At pius exequiis Æneas rite solutis,
Aggere composito tumuli postquam alta quierunt
Æquora, &c.

Enfin le beau temps estant de retour, & la Mer estant deuenuë calme, il se rembarque, & vit en passant les costes du païs de Circé, & vint de là se rendre à l'embouscheure du Tybre, où il est iuste d'employer encore quelques iours. Il descendit donc en ce lieu-là, prit son repas sur l'herbe, & reconnoissant le païs qui luy estoit destiné, il y rendit ses offrandes aux Dieux, & choisit le lendemain cent hommes entre ceux de sa suitte, pour les enuoyer faire vn compliment au Roy Latin, qui ne demeuroit pas loin de là. Il faut employer à cela pour le moins cinq ou six iours. Les Troyens vont à la chasse, & le Cerf de Syluie ayant esté blessé à mort, par les artifices de Iunon, il se fait vn combat inopiné entre les Troyens & les gens du païs; ce qui se passe dans vne autre iournée. La Reine femme de Latin, & Turnus Prince des Rutules, qui recherchoit Lauinie en mariage sont émus de colere & de jalousie contre Enée, & contre les Troyens: on fait des preparatifs de guerre, ce qui ne se peut faire en moins d'vn mois de la façon que le Poëte en parle. Enée est auerty en songe de ce qu'il doit faire, il reconnoist le presage qui luy est donné de la victoire, & de la durée de son Empire, & va implorer à Palantée le secours d'Euandre: à quoy nous ne mettrons point d'autre temps que celuy des preparatifs de la guerre pour Turnus, qui est pourtant bien peu, puis qu'il a falu cependant rendre vne place assez forte pour s'y deffendre contre les violentes attaques de

Turnus, qui la vint attaquer viuement pendant l'absence d'Enée; mais il ne la pût enleuer tant il y trouua de resistance, quoy qu'il s'y ietta dedans par vne bresche; mais bien-tost aprés, il fut contraint d'en sortir & de se sauuer à la nâge. Cependant Enée retourne auec de puissantes forces; & dans vne autre iournée, il se rendit de part & d'autre vn furieux combat, où plusieurs furent tuez. En suitte de quoy, on accorda vne Tréve d'onze iours, pour enseuelir les Morts. Puis la guerre recommença,& vne seconde Bataille fut donnée, où Camille fut tuée, & les Troyens eurent beaucoup d'auantage. Enfin, aprés que Turnus eut reparé ses forces, & que l'on eut conferé ensemble des moyens de terminer tous les débats, à quoy il faut employer pour le moins vn mois, les alliances de Paix jurées de part & d'autre furent violées du costé des Rutules, en faueur de Turnus, qui ne vouloit point souffrir de Riual; Enée fut blessé d'vn coup de flesche inopinément, & la derniere bataille se donna, qui finit par vn combat singulier entre Enée & Turnus, où le Prince Troyen fut victorieux. De sorte que de la, il est aisé de iuger qu'il y a plus de quatre mois au de là d'vne année, pour la durée du temps de l'Eneïde: & ceux qui y en admettent moins que cela, y ont fait peu de reflection, où n'y ont pas bien pensé.

Ronsard a reconnu vne partie de ce que ie dis, dans la Preface de sa Franciade, qui est vne espece de petit traité du Poëme Epique, où il escrit, *Le Poëme Heroïque qui est tout guerrier comprend seulement les actions d'vne année entiere, & semble que Virgile y ait failly, selon que luy mesme l'écrit:*

car il y auoit dé-ja vn an passé, quand Enée fit les jeux funebres de son Pere en Sicile, & toutesfois il n'aborda que long-temps aprés en Italie.

Ce qui se dit de l'vnité d'action pour les Poëmes Epiques, & Dramatiques, se doit entendre également de tous les autres Ouurages des Muses, non seulement de Poësie, mais de quelque nature qu'ils soient, pour les rendre tels qu'ils doiuent estre, pour meriter l'estime de ceux qui sont capables d'en bien iuger. Ie veux dire que toutes sortes de suiets doiuent estre vniques & limitez dans de certaines bornes où il se faut renfermer. Il est bon, ce me semble, de faire connoistre d'abord le suiet dont il s'agit, selon l'vsage de tous les meilleurs Autheurs, & particulierement des Poëtes Heroïques, quand ce ne seroit que par le titre du Liure qui luy doit seruir, comme de conclusion generale, où toutes les choses doiuent aboutir, comme des lignes à leur centre. Car d'écrire sans aucun dessein, tantost d'vne chose & tantost d'vne autre, c'est comme, si dans vn Poëme Epique ou Dramatique, on introduisoit sur la Scene, tantost le Personnage d'Enée, & tantost celuy d'Amadis, ou de Cyrus, ou d'Alexandre, ou du Berger Alexis. Chaque Ouurage doit donc auoir sa fin prémeditée : & les Historiques qui comprennent le plus de matiere, les doiuent neantmoins exprimer par ordre, soit des temps, soit des occurrences fortuites, ou de la nature des suiets. Comme si quelqu'vn s'estoit proposé d'escrire l'Histoire de France, il n'y deuroit point mesler vn traité de Chimie, qui n'y auroit nulle connexité, ny faire sans besoin vne declamation vehemente contre des gens qui n'y ont point de part. Ainsi dans vn Liure de Philosophie, il ne faut point semer des galanteries de Poësie, ou des Chansons jolies qui n'y seruent de rien. Et quand on s'attend de lire des Problesmes de Geometrie, ou des Demonstrations de Mathematique, il seroit fort mal à propos d'y agiter des controuerses en matiere de Religion. Chaque chose doit estre en sa place: & les regles de Grammaire ne s'ajustent pas bien auec les Elements d'Euclide. Ie ne sçaurois approuuer ceux qui ne parlent de rien moins que des choses qu'il ont promises, ou qui sont de leur suiet. Monsieur de Montagne en a quelquefois ainsi vsé: mais cela s'appelle tromper son Lecteur, & faire tort à son propre iugement.

Ie suis donc d'auis qu'on soit sincere & fidelle en toutes choses, & que l'on ne fasse point de Poëmes ny de Liures, de quelque genre ou nature que ce soit sans besoin, sans dessein, ny sans en marquer le suiet.

CHAPITRE VI.

De quelle matiere on doit tirer l'Epopée.

IL n'y a point de doute que ce doit estre de quelque belle origine, & d'vne source pure, afin que la Morale n'en soit point corrompuë: & ie serois mesme d'auis que le Poëte n'en choisist point d'autres, que dans la Religion qu'il professe, car, s'il est Chrestien, comment ménagera-t-il vn sujet tiré de la superstition Payenne, sans profaner sa langue, ou blesser sa conscience ! Certes, s'il est iudicieux & homme de bien, son cœur sera persuadé des sentimens de son Heros; & la fiction de la Poësie, ne l'obligera point de se manifester en public d'autre sorte qu'il voudroit passer dans son estime, c'est à dire de n'estre pas vn fourbe ny vn impie; mais vn honneste-homme, qui ne débite rien contre sa conscience, & qui sçait l'art d'instruire aussi bien que de plaire & de diuertir agreablement. Mais, dira-t'on, s'il est iuste, qu'on ne choisisse point de sujet de Poëme Epique hors de sa Religion, & qu'il est mesme vicieux d'en chercher ailleurs, vn Chrestien dont la dignité est si sainte & si venerable, ne pourra iamais faire de Poëme de cette qualité, où les fictions & les inuentions ne sont pas moins necessaires que les autres parties qui le composent? Cependant si l'on tire, par exemple, l'Epopée des Histoires sacrées, il ne sera pas permis d'y rien changer, ny d'y rien adjoûter, de peur d'en alterer tant soit peu la verité, qui doit estre inuiolable? I'en demeure d'accord, si ce n'est dans la disposition du Poëme, & dans les Epizodes tirez des Histoires saintes ou profanes, ou de la Nature, ou des Emblesmes de Morale qui y peuuent entrer. Mais il n'en vaudra pas moins pour cela, & ie tiens au contraire qu'vn bon Ouurier y trouuera des auantages merueilleux, pour reüssir dans son art, & en acquerir de la gloire.

Hé quoy? Abraham, Ioseph, Moyse, Iosué Sanson, Gedeon, Iephté, Dauid, Salomon, les Machabées, & tant d'autres, sont-ils inferieurs aux Heros de la Grece? Vida n'a-t-il point reüssi dans le choix du sien, qui est la gloire & la Couronne de tous les Heros? D'ailleurs, n'auons nous pas des Constantins, des Clouis, des Charles, des Louys & des Henrys? Aussi n'ont-ils pas esté oubliez par des Escriuains de beancoup de merite. Mais ie souhaite, que pour y reüssir parfaictement comme ie les en tiens tous fort capables, quand ils s'y appliqueront soigneusement, ils n'y meslent point des eaux de l'Hippocrene, ny des lauriers du Parnasse, qu'autãt, que des similitudes, & que la dignité du sujet le pourront souffrir, sans faire, comme les Italiens, & mesme le Tasse dans sa Ierusalem déliurée, qui fait agir Tisiphone, & Megere auec les Anges Michel & Gabriel, qui parle de Neptune, de Platon, & de Proserpine, comme de Diuinitez adorées, du moins par Aladin, & Argant, quoy qu'ils fussent Mahometans, & nullement Idolatres, comme les Payens, outre que ce Poëte, aussi bien que Sanazare, & quelques autres Italiens, semblent admettre dans la verité de la creance & le Cerbere, & la Chimere, & les Centaures, & des Grenoüilles noires dans le marais Stygien, & vne Barque qui serue à tant de million d'Ames pour trauerser vne Riuiere fatale, quoy que ce soient toutes Fables, qui sont à peine cruës par les Enfants.

Esse aliquos Manes, & subterranea regna
Et contum, & Stygio, ranas in gurgite nigras,
Atque vna transire vadum, tot millia Cymba.
Nec pueri credunt.

Mais à force d'imiter Homere & Virgile pour se conseruer la reputation d'estre bon Poëte, on ne conserue ny la vray-semblance, ny le iugement, quoy que ces sortes d'Ouurages en l'estat que ie dis, ne laissent pas de plaire aux femmes, & aux ieunes gens, qui n'en connoissent pas toûjours parfaitement l'excellence & le merite.

Au reste, les femmes illustres telles que Debora, Iudith, Ester, Semiramis, Tomyris, Amalazonte, Zenobie, les Amazones, & plusieurs autres semblables ne doiuent point estre excluses du sujet principal d'vn Poëme Heroïque: car, pourquoy n'y auroient-elles point de part, si elles se sont signalées quelquesfois par leur vertu & par vne valeur guerriere, qui leur ont acquis non seulement beaucoup de reputation, mais qui les ont éleuées au plus haut point de gloire, que les Ames les plus genereuses s'en pourroient promettre & en pourroient desirer par vne belle ambition? Il ne faut point faire de lieux communs pour la iustifier: ceux de Monsieur Chapelain, lesquels composent la plus grande partie de sa preface sur son Poëme de la Pucelle, suffisent pour cela. Il n'en faut pas dauantage, & c'est assez à cét égard de reconnoistre, qu'il n'y a rien qui repugne au bon sens, outre l'exemple que nous en pourrions alleguer de quelques Anciens. Il en est de mesme des sujets que cét Autheur distingue de ceux du premier genre dans vn autre preface, qu'il fit, il y a prés de quarante ans sur le Poëme de l'Adone du Caualier Marin, pour montrer, que bien qu'il soit d'vn temps de paix, il peut entrer dans l'Idée du Poëme Heroïque: *Car*, dit-il, *cette nouuelle Idée de Poëme de Paix se rapporte à la seconde espece, & en icelle, la Poësie y est en sa pure pureté, sans qu'elle y reçoiue rien d'estrange que pour luy seruir simplement de suppost*. Et en suite. *Ie tiens l'Adonis en la forme qu'il me souuient l'auoir vû, pour bon Poëme tissu dans sa nouueauté, selon les regles generales de l'Epopée; & le meilleur en son genre qui sortira iamais au public*. L'Eloge est assez complet. *C'est pourquoy*, adjoûte-t-il, *ie finiray cette ennuyeuse enfilade, en vous affirmant comme i'ay fait au commencement, que s'il s'y fust rencontré la moindre chose dont i'eusse mal iugé, vous la verriez icy notée en toute liberté, & cela, comme ie vous l'ay dé-ja dit, dautant que ie n'aime pas plus mes Amis que ma franchise, & que ie ne sçay ce que c'est de leur grabeler de l'honneur aux dèpens de la verité.* Monsieur Chapelain estoit ieune en ce temps-là, comme il est aisé de le iuger par l'âge qu'il peut auoir aujourd'huy. Cependant, il auoit acquis dé-ja beaucoup de reputation, & Monsieur Fauereau Conseiller du Roy en sa Cour des Aydes, & personnage de beaucoup de merite auoit desiré de luy dés l'année 1623. le discours en forme de Lettre, qui se lit au commencement de l'Edition de Paris du Poëme d'Adonis. Ce qui a fait que toute la terre a esté depuis si bien persuadée des grandes connoissances qu'il s'est acquises dans les matieres de Poësie. Et certes ce discours, quoy qu'il ne soit pas escrit du mesme stile dont l'on se sert à present, & qu'il ne soit pas tout à fait semblable à celuy de Monsieur Coëfeteau, qui mourut en la mesme année 1623. & de feu Monf. de Malherbe qui écriuoit alors auec beaucoup de reputation, si est-ce qu'il a ses beautez, & qu'il ne manque pas encore de trouuer des Amis qui en font estat, tant vn homme de reputation comme celuy-cy, authorise tout ce qui vient de luy, & qui paroist sous son nom. De là vient que cette piece a esté traduitte en Italien; mais ie m'arreste principalement aux choses & aux sens de paroles, qui sont certainement au dessus de la portée d'vn jeune-homme, si cét Ouurage n'estoit point composé comme il l'est, de trop de diuisions & de subdiuisions pour des idées Poëtiques, qui le rendent vn peu obscur. Quoy qu'il en soit, l'Autheur est aujourd'huy bien plus consommé en ces sortes de matieres, & le stile de ses Lettres imprimées, & de sa seconde Preface est bien different de celuy de la premiere. Car s'excuseroit-il à present d'auoir vsé du mot *Subalterne*, comme il fait en ce lieu-là, & d'y employer sans scrupule *ensomme* pour *enfin*, *cettuy-cy*, *& cettuy-là*, *icelle & iceluy*, pour celuy-cy & celuy-là, & dire en suitte, *ie proteste que ie des-auouë dés à present mes propres sentimens, si vous iugez qu'ils s'éloignent le moins du monde du but de la verité, non pourtant sans me promettre que vous en lirez le discours benignement, selon vostre coûtume, ayant égard, non à moy qui le feray, ains seulement au poids & au bon alloy des choses qui s'y doiuent dire.* Mais cela n'est pas considerable, & il est vray qu'il y dit en suitte des choses solides & fort curieuses, qu'il auoit bien meditées, pour respondre à l'affection particuliere qu'il portoit au Caualier-Marin, dont il estimoit les Ouurages, & aimoit la personne, le merite & la reputation.

Cette petite digression qui est née sous la plume, n'est peut-estre pas tout à fait éloignée du suiet.

Monsieur de Scudery dans sa Preface sur son Poëme de Rome vaincuë a heureusement iustifié le choix qu'il a fait de son Heros, quoy qu'il fust Arien. *Mais ie n'ay pas crû*, dit-il, *que cét obstacle fust inuincible*, ce qu'il montre par des raisons puissantes, & dites auec beaucoup d'éloquence, entre lesquelles il y en a quelques-vnes tirées des Saints Prophetes. De sorte qu'il ne laisse pas lieu de douter qu'il ne l'ait fort bien choisi, & sur tout dans le dessein qu'il auoit eu d'honorer les successeurs d'Alaric sur le Trône de Suede, où la Reine Christine fille de Gustaue Adolfe regnoit alors, auec vne gloire qui souffre peu de comparaison.

Le Pere le Moine iustifie le sien pour son Poëme de la Sainte Couronne reconquise, de ce qu'il n'a pas esté toûjours heureux, & c'est de là, mesme au contraire, & de toutes ses mauuaises fortunes qu'il tire des auantages pour la gloire de sa vertu: *Et certes*, dit-il, *les infortunes qui luy ont esté de nouuelles matieres de Couronnes, ne font pas qu'il en soit moins propre au Poëme Heroïque:* A quoy, il adjoûte, *Et puis, qu'importe au Poëte que son Heros ait eu quelques mauuais iours, que toutes les Estoiles, que tous les Vents ne luy ayent esté fauorables, que la fortune se soit quelquesfois separée de luy, pouruû que l'entreprise qui est le suiet de la Fable luy reüssisse, & que la conclusion soit heureuse?* Faisant voir en suitte qu'il n'y a rien qui manque à la perfection de son Ouurage de ce costé-là.

Le Pere Laurent le Brun dans la Preface de son Poëme Heroïque, ne trouue pas moins de facilité à maintenir le bon choix qu'il a fait du sien, puis que c'est d'vn grand Saint Fondateur de son Ordre, comme la principale qualité du Heros de Virgile, a esté sa grande pieté; de sorte qu'il l'a beaucoup plus recommandé de ce costé-là, que du costé de sa valeur militaire, & de ses exploits guerriers, quoy qu'il en ait assez fait; puis qu'estant demeuré

demeuré victorieux de ses Ennemis, aprés les auoir glorieusement surmontez, il a estably l'origine & le principe d'vn grand Empire & d'vn Estat florissant.

Le Pere Manbrun dans son traitté du Poëme Epique, dont il a voulu accompagner l'illustre Ouurage qu'il a donné au public sous le titre de l'Idolatrie vaincuë, montre bien aussi que le choix qu'il a fait de son Heros, pour vn si noble dessein, n'est pas moins iudicieux: qu'il est seur estant tiré de la verite de l'Histoire, & que Constantin fils d'Helene qui est donc le Heros de son Poëme, a la gloire d'auoir arboré la Coix sur le Trône, & d'auoir porté son signe victorieux dans ses Estendarts, & sur la teste des Roys.

Monsieur de Saint Amant qui n'ignore pas non plus les regles du Poëme Heroïque, comme il est aisé de le iuger des choses qu'il en a écrites, a traitté le sien du Moyse sauué d'vne façon toute particuliere; Et quoy que son sujet ne soit que d'vne iournée, si est-ce que pour le fournir iusques à vne iuste grosseur, il le soûtient d'Epizodes agreables & diuertissants, qui ornent merueilleusement son Epopée; de sorte que sans y auoir rien oublié de tout ce qui peut embellir vn Ouurage de cette qualité, il en a composé iusques à douze parties considerables, qui font vn Volume de plus de six mille Vers.

Monsieur des Marets n'a pas besoin de iustifier le choix qu'il a fait du sien pour son Poëme ingenieux de la France Chrestienne: il est iuste, & se trouue heureusement placé dans vn siecle pour donner suiet au Poëte d'exercer la beauté de son Esprit par vn grand nombre d'auantures rares

& surprenantes, dont il remplit vne bonne partie des Liures de son Ouurage, ce qu'il authorise dans sa Preface de l'exemple de Virgile Prince des Poëtes, qui n'en mesle pas moins, dit-il, dans le premier liure de son Eneïde : & maintient neantmoins que le Tasse qui est si excellent entre les Italiens, & qui a tant de reputation par tout le monde, en a employé beaucoup plus dans sa Ierusalem reconquise, qu'il n'a fait dans son Poëme de Clouis; mais que l'Histoire luy a donné de son gré ce qu'Aristote, le Tasse, & quelques autres Poëtes Heroïques ont esté contraints de feindre pour faire agir les Enchanteurs dans les Poëmes Chrestiens, au lieu de certaines cruelles Diuinitez fabuleuses, dont les Poëtes Payens se seruoient, lesquelles par leur haine naturelle s'opposoient toûjours au bon-heur du principal Heros du Poëme.

Monsieur Godeau Euesque de Vence, personnage excellent & d'vne vertu singuliere, n'a pas pretendu faire vn Poëme Heroïque dans celuy qu'il a composé de S. Paul, quoy que S. Paul, dit-il, soit le plus grand Heros du Christianisme. Cependant cét Ouurage est Heroïque, & conduit auec toutes les regles du Poëme Epique, autant que le suiet l'a pû souffrir : Et certes, comme l'Autheur le dit luy-mesme dans sa Preface qui est parfaitement iudicieuse, il faut sçauoir autre chose pour prononcer sur ce trauail que bien tourner des Vers, & il le faut considerer autrement qu'vne piece de peu d'haleine, où l'on n'a qu'à exprimer agreablement de jolies pensées, & où l'on n'est point obligé de faire de longues Narrations de choses qui le plus souuent sont des-agreables. Il est pourtant vray que celles-là mesmes y sont dites de bonne grace, & qu'il y en a beaucoup d'autres qui s'y lisent auec toute la satisfaction que peuuent souhaiter des Esprits les plus délicats, pouruû qu'ils s'y appliquent auec vn peu de soin, ou que la seuerité de la pieté Chrestienne, qui ne plaist pas toûjours au gens du monde, ne les oblige point de s'en détourner.

Voilà ce que i'auois à dire du choix des matieres, pour composer vn Poëme Epique.

CHAPITRE VII.

De la proposition de l'ouurage, & de l'inuocation.

COMME le sujet le moins embarrassé & le plus simple, pourueû qu'il soit illustre, dans vn siecle éloigné, & dans la creance du Poëte, soit pour honorer sa Nation, ou quelque Prince celebre de son temps, ou seulement pour fournir de matiere à sa noble ardeur, aussi la proposition doit-elle estre simple, & sans affectation, telle que les propositions d'Homere & de Virgile, qui sont si genereuses, si graues, & si modestes tout ensemble. Ils n'y promettent rien qu'ils ne tiennent : & leurs paroles ne sont pas si fieres que celles de ce Poëte chez Horace, qui commençoit ainsi son Ouurage.

Fortunam Priami cantabo, & nobile bellum

Pour dire,

Ie chante de Priam la fortune & les armes
Les guerriers animez, les fameuses alarmes;

Que nous donnera cét Autheur (dit Horace) qui soit digne de ses grandes promesses? Sans doute que les Montagnes enfanteront, & il en naistra vne souris qui excitera tout le monde à rire.

Quid dignum tanto feret hic promissor hiatu?
Parturient montes, Nascetur ridiculus mus.

Feu M. Costar qui estoit vn fort bel Esprit, & qui de son temps a trouué tant de gens qui ont frappé des mains en sa faueur, traduit cela en cette sorte, dans vn liure Manuscrit que nous auons vû de luy. *Ne commencez point auec de grandes parolles comme sont celles-cy d'vn Poëte Epique qui est des Nostres. Ie Chanteray les Tragiques accidents qui arriuerent à Priam & à ce fameux siege d'Ilion, que dira ce faiseur de rodomontades* (ce mot n'est pas fort de l'air ny du goust des Anciens) *apres auoir ouuert la bouche si grande? La suitte pourra-t-elle bien respondre à vn commencement si superbe? Sans doute, il verifiera la Fable de cette haute Montagne, qui ayant conceu, apres auoir fait attendre l'issuë de sa grossesse à toute la terre, accoucha d'vn Rat au bout du terme à la risée de tout le monde.* Ie ne traduis pas à la verité de cét air-là: mais ie n'en ay point de regret, & quand M. C. seroit encore viuant, ie serois bien marry de luy en porter enuie.

Mais Horace adjoûte (c'est dans son art Poëtique) combien cét autre qui n'entreprend iamais rien de mal à propos, reüssit-il plus heureusement quand il écrit.

Dic mihi Musa virum, captæ post tempora Trojæ
Qui mores hominum multorum vidit & vrbes.

Pour dire,

Muse raconte moy l'homme fin & rusé,
Qui si long-temps erra depuis qu'il eut rasé,

Les Sacrez murs de Troye, & d'hommes & de Villes.

Remarqua les façons farouches & ciuiles.

Il parle d'Homere, & dit que cét excellent Ouurier ne veut point donner de fumée de la splendeur qui l'enuironne; mais que de la fumée mesme, il fait sortir la lumiere pour en tirer des merueilles plus éclatantes, & pour faire admirer dauantage les auantures qu'il décrit d'Antiphate, de Scylle & de Charybde & du grand Cyclope. Au reste parlant de Diomede, il n'entreprend point d'écrire l'Histoire de son retour depuis la mort de Meleagre: ny, quand il traite de la guerre de Troye, il ne cõmence point à la naïssance de l'œuf iumeau. Il se haste toûjours d'arriuer à sa fin, & il emporte son Auditeur à la vuë des choses mitoyennes, comme estant plus connuës, & laisse celles qu'il croit ne pouuoir estre assez esclairées, y ajoûtant des mensonges de si bonne grace, & meslant si adroictement le faux auec le vray, que le milieu ne se separe point du commencement, ny la fin du milieu.

Ie veux bien encore faire voir icy de quelle sorte Mons. Costar, a traduit ce lieu d'Horace dans le mesme Manuscrit que i'ay dé-ja allegué. On y lit.

O qu'Homere est bien plus iudicieux! qu'il entre bien mieux en matiere! qu'il commence son Odyssée de bien meilleure grace! [Voylà bien des Synonimes dont Horace a crû qu'il se pouuoit passer] Ma Muse, dit-il, inspirez moy des paroles pour comter les auantures memorables de ce sage homme qui aprés la prise de Troye courut tant de Païs & de Nations differentes, & rapporta de ses longs voyages auec la connoissance des lieux, celle des Loix, des Mœurs, & des coûtumes de chaque Peuple. Il ne ressemble pas à ceux qui d'abord jettent vn feu extrémement vif & clair, pour ne faire aprés que de la fumée, au rebours il fume vn peu au commencement; mais il ne fait plus que luire si-tost qu'il est allumé: & nous débite ces Histoires d'Antiphate, de Scilla, de Cyclope & de Charibde, & tous ces autres prodiges, dont la lecture est si belle, & qui arreste si agreablement nostre attention. Il ne tire point les choses de loin pour nous conter le retour de Diomede: Il ne nous fait point tout le narré de la mort de Meleagre, dont Antimaque endort ses Lecteurs: Il ne commence point la guerre de Troye par les deux œufs de Leda, dans l'vn desquels elle pondit la belle Helene: Il se haste tousiours de venir au fait & aux derniers euenemens, & d'vne methode bien differente de l'ordinaire, il porte d'abord l'esprit de ses Auditeurs à l'estat present des choses, comme si le passé leur estoit connu, &c.

Ma Version est assez differente de celle-là, & si l'vne a bien pris le sens du Poëte, l'autre n'est pas fort heureuse.

Ie pourray faire ailleurs comparaison des Propositions diuerses qui se trouuent dans les Ouurages de cette qualité. Et ie me contenteray de remarquer icy, que ie ne voy pas qu'il y ait tant de lieu de trouuer à redire à la proposition de la Pharsale de Lucain, qu'on se l'est imaginé, comme si elle estoit trop bouffie, selon la pensée de quelques-vns, & entr'autres de Iacques Pontanus dans son institution de la Poëtique, & du Pere le

Brun, qui la blasment auec celle de Stace au commencement de son Achileïde, parce, disent-ils, qu'en cette derniere piece, il y a de trop grands mots dans les premiers Vers, où il a remarqué que la seule voyelle A, se trouue employée iusques à six fois, dont il se fait vn son trop fort à l'oreille.

Magnanimum Æacidem, formidatamque Tonanti
Progeniem, & Patrio vetitam succedere Cœlo
Diua refer.

Cependant ce n'est qu'vne pure imagination, bien qu'à la verité, la voyelle A, s'y trouue employée iusques à six fois: & quand le son du premier Vers le rendroit encore plus graue & plus fort qu'il n'est pas, il ne seroit point indigne du suiet que le Poëte veut traiter, puis que le sens que voicy n'a rien qui ne conuienne parfaitement à son Heros. *Deesse, racontez-moy les auantures guerrieres du valeureux Achile, auec sa naissance redoutable au Dieu qui lance le tonnerre.*

I'en dirois volontiers autant de la proposition du Rauissement de Proserpine du Poëme de Claudien.

Inferni raptoris equos, afflataque curru
Sidera Tænario, calligantesque profundæ
Iunonis Thalamos audaci promere cantu
Mens congesta iubet. Gressus remouete profani.
Iam furor humanos nostro depectore sensus
Expulit, & totum spirans præcordia Phœbum.

Ce qui se peut expliquer ainsi Mon esprit pressé « *d'vne diuine ardeur* me fait prendre la hardiesse « de celebrer en Vers les Cheuaux du Rauisseur « infernal, les Astres étonnez de la presence du

" Chariot sorty du gouffre de Tenare, & le
" sombre lict des Nopces de la Iunon des En-
" fers. Retirez vous, profanes, la fureur Poëti-
" que a éloigné de mon esprit les pensées des
" hommes, & ie me sens inspiré d'Apollon. En quoy il n'y a rien que la magnificence des mots qui choque la tendresse affectée de quelques-vns, que ie ne voudrois pourtant pas entierement blasmer sur ce sujet.

Mais pour parler de Lucain; que trouue-t-on contre son dessein, dans la proposition de sa Pharsale? La suitte de son illustre Ouurage, ne répond elle pas à ce que l'on s'est pû promettre du sens de ces Vers?

Bella per Emathios plusquam Ciuilia Campos,
Iusque datum sceleri canimus, populumque potentem,
In sua victrici conuersum viscera dextra,
Cognatasquè acies: & rupto fœdere regni
Certatum totis concussi viribus orbis,
In commune nefas, infestisque obuia signis
Signa, pares aquilas, & pila minantia pilis.

Lesquels ont esté imitez depuis quelques années en cette sorte par vn Escriuain celebre, sans rendre le sens des quatre Vers qui suiuent le premier, mais y en ajoûtant aussi beaucoup d'autres qui font paroistre le Poëte beaucoup plus enflé qu'il n'est pas, & qui luy font mesme dire des choses contre son intention.

Ie chante cette guerre, *en cruautez feconde*
Où Pharsale iugea de l'Empire du monde,
Et seruant de theatre à de fameux reuers
Mit enfin à la chaîne, & Rome & l'Vniuers.

Guerre plus que ciuile, *où la fureur d'vn homme,*
Fit voir Aigle contre Aigle, & Rome contre Rome.
Le sang contre le sang laschement declaré
L'audace triomphante, & le crime adoré:
Où des peuples diuers la valeur soûleuée.
Fit le sort des humains d'vne offence priuée
Et partageant son zele entre deux grands Riuaux
Vangea ses premiers fers, & s'en fit de nouueaux.

Tout cela est grand & magnifique : mais, comme celuy qui en estoit l'Autheur & qui n'est plus aujourd'huy, faisoit parroistre des-là qu'il ne se soucioit pas tant de l'exactitude que de l'élegance, pour faire de beaux Vers; de sorte qu'il ajoûtoit & diminuoit au sens de Lucain tout ce qui luy plaisoit, quoy que i'aye traduit entierement en Prose. l'Ouurage de ce Poëte, si est-ce que i'ay bien voulu essayer de rendre aussi cette proposition en Vers, auec toute la fidelité, la clarté & la brieueté que i'ay pû : Et ie l'ay fait en cette sorte.

Des Champs Emathiens, ie chante les Victimes
La fureur des combats, la licence des crimes:
Vn peuple aussi puissant qu'il se montre inhumain:
Qui dans son propre sang trempe sa forte main,
Guerre plusque Ciuile, où destranges querelles,
Emûrent l'Vniuers par des haines cruelles
Quand les Romains rangez sous mesmes Estendars,
On vid Aigle contre Aigle, on vid Dars contre Dars.

Mais, quoy qu'il en soit en traduisant de la sorte, on ne peut si bien faire que l'on ne pérde, ou que l'on ne change toûjours quelque chose de la pensée d'vn Autheur, parce qu'il faut trouuer la meſure du Vers & que l'on eſt contraint de rimer, outre qu'à la longue, il arriue quelque fois qu'il y a peu de choſe plus ennuyeuſe à lire qu'vne grande traduction en Vers, ſi elle n'eſt parfaitement élegante & iuſte.

La propoſition du Poëme de la Pucelle ne paroiſt pas s'eſtendre à tout ce qu'il contient, ou qu'il doit contenir, quand il ſera finy: car il ſemble qu'elle s'arreſte au reſtabliſſement du Roy ſur ſon Trône, lors que le Poëte s'y exprime en cette ſorte.

Ie chante la Pucelle & la ſainte vaillance,
Qui dans le point fatal, où periſſoit la France,
R'animant de ſon Roy la mourante vertu,
Releua ſon Eſtat ſous l'Anglois abbatu.

Les quatre Vers qui ſuiuent ne font que marquer les contraintes quelle ſouffroit dans ce genereux deſſein.

Le Ciel ſe courrouça, l'Enfer émût ſa rage,
Mais elle armant ſon cœur de zele & de courage,
Par ſa priere ardente au milieu de ſes fers,
Sceut & fleſchir les Cieux, & dompter les Enfers.

Il eſt vray que le troiſiéme Vers touche l'Hiſtoire de la priſon de la Pucelle; mais ce n'eſt pas de là, qu'elle releua l'Eſtat abbatu, ou qu'elle déliura la France, qui eſt le ſeul point, dont il eſt queſtin, & non pas de la vie & de la mort de cette vaillante Guerriere; quoy que l'vn des titres du Poëme, eſt la Pucelle, que le ſecond explique, ou la France déliurée.

La propoſition du Poëme d'Alaric ou de la Rome vaincuë eſt telle.

Ie chante le Vainqueur des Vainqueurs de la
Terre,
Qui sur le Capitole osa porter la guerre,
Et qui fut renuerser, par l'effort de ses mains,
Le Trône des Cesars, & l'orgueil des Romains.

Cela pouuoit suffire; mais il adjoûte à l'exemple de Virgile, bien que Virgile ne nomme pas son Heros.

L'Inuincible Alaric, ce guerrier Heroïque;
Qui s'éloignant du Nort & de la Mer Balti-
que,
Fit trembler l'Appennin au bruit de ses Exploits,
Fit gemir sous ses fers la Maistresse des Roys,
Vangea de mille affrons les Peuples & les Prin-
ces,
Fit seruir à leur tour les Tyrans des Prouinces,
Et qui sur l'Auentin plantant ses Estendars,
Triompha glorieux au noble Champ de Mars.

Le Tasse qui imite aussi Virgile, se contente de marquer son Heros, sans le nommer au commencement de sa Ierusalem déliurée, & fait ainsi la proposition de ce bel Ouurage.

Canto l'Armi pietose, e'l Capitano
Che'l grand sepelchro liberò di Christo.
Molto egli oprò col senno, e con la mano;
Molto soffri nel glorioso acquisto:
E in van l'Inferno a lui s'oppose, e in vano
S'armo d'Asia, e di libia il popol misto:
Che'l Ciel gli diè fauore, e sotto à i santi
Segni ridusse i suoi com pagni erranti.

Monsieur des Marais commence ainsi sa France Chrestienne.

Quittons les vains concerts du profane Parnasse:
Tout est auguste & saint au suiet que i'embrasse.

Il en dit vn peu trop pour vn suiet qui n'a pas toute la sainteté qu'on se peut imaginer: & s'il estoit tiré des Liures sacrez, cét Autheur ne pourroit vser de termes plus auantageux: Aussi ne sont-ils point necessaires, Et ce noble Ouurage se pouuoit ouurir par les Vers qui sont en suitte.

A la gloire des Lys, ie consacre ces Vers,
I'entonne la Trompette, & respans dans les Airs
Les faits de ce grand Roy, qui sous l'eau du Baptesme
Le premier de nos Roys courba son Diadesme;
Qui sage & valeureux, de ses fatales mains
Porta le coup mortel aux restes des Romains;
Mit la Saone & le Rhin sous sa vaste puissance,
Fit tomber sous son bras la Gothique vaillance:
Et faisant aux vaincus aimer ses iustes Loix,
Donna le nom de France à l'Empire Gaulois.

Monsieur de S. Amant, propose ainsi le suiet de son Moïse sauué, qu'il appelle *Idylle Heroïque*, composé de douze parties, qui luy tiennent lieu de Liures.

Sur le Luth éclatant de la noble Vranie
Que me vient d'apporter mon fidelle genie:
Et joignant, aux accords qui naissent de mes doigts
Les saints & graues tons de ma nombreuse voix.

Ces quatre premiers Vers qui entrent insensiblement dans le suiet, sont de l'air des quatre premiers qui precedent l'Eneïde. *Ille ego*, & continuë ainsi.

Ie chante hautement la premiere Auanture
D'vn Heros dont la gloire étonna la Nature:

Ie décris les hazards, qu'il courut au Berceau:
Ie dis comment Moïse en vn fresle Vaisseau,
Exposé sur le Nil, & sans voile & sans rame,
Au lieu de voir couper sa ieune & chere trame,
Fut, selon le decret de l'Arbitre eternel,
Rendu par vne Nymphe au doux sein Maternel.

Il se pouuoit passer de nommer son Heros, selon les regles de l'Art, & se contenter seulement de le désigner, à peu prés en cette sorte.

Ie d'y comme vn Heros, dans vn fresle Vaisseau, &c.

Voicy le commencement du Poëme de S. Loüis, ou de la Couronne reconquise, du Reuerend Pere le Moine.

Ie chante vn saint guerrier, & la guerre entreprise
Pour oster aux Sultans & pour rendre à l'Eglise
Le Diadesme saint, que l'Homme-Dieu porta,
Quand pour vaincre la mort sur la Croix il monta.

Le reste est vn peu long, puis qu'il est de vingt-quatre Vers: mais en tout cela, le Poëte ne nomme point son Heros; & dit simplement aprés le dixiéme Vers.

Mais le Saint Roy vainquit Sultans, Monstres, Demons,
Fit de sang & de corps des Fleuues & des Monts, &c.

Et par tout les expressions de ce Poëte sont grandes & magnifiques, si elles ne le sont point quelquesfois vn peu trop: car en tout cela, il faut auoir certainement beaucoup de moderation, quoy que d'ailleurs, il faille aussi donner beaucoup de choses à la diuine fureur, qui emporte le plus souuent les grands Poëtes qui ont l'enthousiasme, & qui sont inspirez comme celuy-cy.

Monsieur de Lesfargues n'en a pas vsé de mesme dans la proposition de son Poëme de Dauid, qu'il fait en cette sorte.

Ie chante dans l'ardeur du beau feu qui m'anime
Le Berger couronné, le Vainqueur magnanime
Du Geant Philistin auec honte abbatu:
Ie chante ce Dauid, qui seul a combatu.

Il eust mieux esté, si ie ne me trompe, de dire *Ie chante ce guerrier*, & poursuit.

Pour l'interest du Ciel, dont la sainte querelle
Par l'indigne succés de la cause infidelle
Eust vû sans le secours de sa rare valeur,
D'Israël déconfit la cheute & le malheur.

La suitte de ce Poëme n'est proprement que l'Histoire de Dauid en Vers, tirée des Liures de Samuel, & du premier liure des Chroniques sacrées, où son Autheur a particulierement affecté les rimes riches, comme elles y sont en effet.

Monsieur Godeau en vse de la mesme sorte dans son Poëme Chrestien de S. Paul: & peut-estre que la bien-seance en ces sortes de suiets le requiert ainsi. Il commence donc,

Ie channte le grand Paul; & la haute entreprise
De fonder par sa mort l'Empire de l'Eglise,
De tirer les Mortels de leurs rigoureux fers
Et d'abattre l'orgueil du Prince des Enfers.

Et de fait, le Pere Mambrun qui nous a donné de si beaux preceptes de l'art, ne fait point de scrupule de donner ce commencement à son

Poëme de Constantin, ou de l'Idolatrie vaincuë.

Christiadûm proceres, seu vos pulcherrima pacis
Cura tenet, seu bella iuuant: vtrasque per artes
Spectandum vobis, sanctæque augusta sequutum
Signa Crucis cano Flauiaden.

Comme s'il disoit. Princes Chrestiens, soit que vous aimiez la Paix, qui est vne chose si belle, soit que vostre courage vous porte à faire la guerre, c'est à vostre sujet que ie chante Constantin pour vous le representer tel qu'il fut en paix & en guerre, c'est à dire excellent en l'vne & en l'autre, & de quelle sorte il suiuit les enseignes venerables de la Croix.

Puis il ajoûte, il dompta par la guerre des Nations insolentes & superbes, & fut le premier, qui, aprés auoir étably la paix dans tout l'Empire Romain, abbatit les vaines Idoles, & rendit à Iesus-Christ les honneurs qui luy sont deus, &c.

Le Pere le Brun aussi Iesuite commence ainsi son Poëme de S. Ignace Fondateur de son Ordre.

Bella canant alij, nos clarum more relicto
Dicimus Heroën, Patriæ qui laudis inanes
Pertæsus titulos, ensemque & nescia vinci
Arma Dei, Magnæ Matris defigit ad aras,
Suspenditque tholo quidquid de milite restat.

Que d'autres chantent les guerres ; Nous sommes resolus quant à nous de celebrer le merite d'vn Heros fameux qui aprés auoir quitté le milieu du monde, se souciant peu de la vaine gloire que luy pouuoient meriter ses exploits guerriers pour le seruice de son païs, appendit son espée & ses armes victorieuses dans le Temple de la

Mere de Dieu, dont la dignité eſt incomparable, & la grandeur eſt incomprehenſible, &c. Celuy-cy garde la regle de déſigner ſimplement ſon Heros dans la propoſition ſans le nommer : & c'eſt ainſi que Silius commence ſon grand Poëme.

Ordior arma, quibus cœlo ſe gloria tollit
Æneadum, patiturque ferox Oenotria iura
Carthago. Da, Muſa decus Memorare laborum
Antiquæ Heſperiæ, quantoſque ad bella crearit,
Et quot Roma viros, ſacri cum perfida pacti
Gens Cadmæa ſuper regno certamina mouit,
Quæſitumque diu, quà tandem poneret arce
Terrarum fortuna caput. ———

I'entreprens de parler de ces armes qui porterent iuſqu'au Ciel la gloire de la poſterité d'Ænée, & pourquoy la fiere Carthage fut ſoûmiſe aux Loix Romaines. O Muſe, repeins en ma memoire les trauaux de l'ancienne Heſperie, & dy-moy combien Rome fit naiſtre de grands guerriers & de perſonnages illuſtres, lors que la Nation qui deſcend de Cadmus ayant violé par ſa perfidie les ſerments d'vne alliance ſacrée, emût tant de querelles pour la Souueraine puiſſance. & fut cauſe qu'on ſe mit ſi long-temps en peine de trouuer vne forteresſe, où la Fortune de la terre peuſt enfin aſſeurer ſa teſte.

Il me ſemble que cette propoſition eſt graue, magnifique & iudicieuſe. Celle de Valerius Flaccus pour ſon Poëme des Argonautes ne l'eſt pas moins.

Prima Deûm magnis canimus freta peruia Nautis
Fatidicamque ratem Scythici quæ Phaſidis oras
Auſa ſequi, medioſque inter iuga concita curſus
Rumpere flammifero tandem conſedit Olympo.

Ie

Ie chante les Mers qui furent les premieres trauersées par de grands Nauchers, enfans des Dieux: les voyages de cette Nef qui rendit autrefois des Oracles, ses détours sur les Eaux, les perils qu'elle courut entre les roches Cyanées, & de quelle sorte aprés auoir abordé les Costes de Scythie dans le Canal de Phasis, elle fut éleuée au Ciel, où elle augmente le nombre de ses feux.

Celle de Stace est également iudicieuse pour sa Thebaïde.

Fraternas acies, alternaque regna profanis
Decertata odiis, sontesque euoluere Thebas
Pierius menti calor incidit: vnde iubetis
Ire Deæ? ———

Lardeur d'Apollon qui s'allume en mon sein m'inspire le desir de parler des armes de deux freres ennemis, de leur Empire alternatif, dont la possession fut décidée par des haines mortelles, & des crimes de Thebes qui furent cause de sa ruine. O Deesses, par où voulez-vous que ie commence?

Ronsard au commencement de son Bocace Royal, qu'il addresse au Roy Henry III. écrit.

I'entre sacré Poëte au Palais de Henry
Pour chanter ses honneurs, &c.

Du Bartas dans le 1. iour de sa Semaine.

O Pere, donne-moy que d'vne voix feconde
Ie chante à nos Neueux la naissance du Monde.

Et dans sa Iudith.

Ie chante les Vertus d'vne vaillante Veufue.

Philippes des Portes dans ses imitations de l'Arioste au Roy Charles IX.

Ie veux chanter Roland, ses fureurs & sa rage
Ie veux chanter d'Amour la tempeste & l'orage.

Ie n'aurois iamais fait si ie voulois tirer de pareils exemples de tous ceux qui ont écrit des Poëmes de cette qualité; le nombre en est plus grand que l'on ne se l'imagine, quand ie ne voudrois marquer que ceux qui ont écrit en Latin, seulement depuis trois cens ans: car il y en a beaucoup d'autres dans les Siecles du bas Empire qui ne sont pas tout à fait à negliger.

L'Inuocation qui suit d'ordinaire la proposition de l'Ouurage ne doit pas estre moins iudicieuse: & il faut bien prendre garde qu'elle impose ordinairement la necessité de ne dire pas des choses communes ny vulgaires. Les Chrêtiens, à mon auis, n'en doiuent point faire aux Muses profanes, ny à l'Apollon de Délos, & sur tout dans les suiets pieux, comme Monsieur Godeau l'a bien éuité dans son Poëme de Saint Paul, aprés le Tasse dans sa Ierusalem déliurée, où le dernier plus ancien que le premier s'explique ainsi.

Musa, tu, che di caduchi allori
Non circondi la fronte in Helicona;
Ma s'u nel cielo infra i beati chori
Hai di stelle immortali aurea corona;
Tu spira al petto mio celesti ardori,
Tu rischiara il mio canto: e tu perdona,
S'intesso fregi al ver, s'adorno in parte
D'altri diletti, che de tuoi le carte.

Sai che là corre il mondo, oue più versi
Di sue dolcezze il lusinghier Parnaso,
Et ch'el vero condito in molli versi,
I più schiui allettando ha persuaso, &c.

En quoy il a esté suiuy de plusieurs de nos meilleurs Escriuains.

Pour la Narration, c'est proprement ce que l'on appelle l'Epopée, dont nous auons dé-ja parlé : mais qui se doit faire auec le mesme ordre qui se prescrit pour les Orateurs, ayant choisi quelque matiere proportionnée à ses forces.

Sumite materiam vestris qui scribitis æquam
Viribus, & versate diu : quid ferre recusent
Quid valeant humeri.

Celuy qui choisira vn sujet selon sa capacité, l'éloquence & le bel ordre ne luy manqueront pas. Or, si ie ne me trompe, dit Horace, la force & la beauté de l'ordre, consiste tantost à dire d'abord, & tantost à ne dire pas beaucoup de choses qu'il faut differer en vn autre temps, & ne les marquer pas dans le present.

Hoc amet, hoc spernat promissi Carminis auctor.

CHAPITRE VIII.

De la Peripetie, ou de ce que l'on appelle le Dénoüement de la piece.

CETTE partie d'vn Poëme Epique, qui se peut définir vne Transition d'vne chose obscure & embarrassée d'incidents, à vne autre qui ne l'est pas, & que nous pouuons nommer le dénoüement de la piece, approche fort de ce qu'on appelle *Catastrophe* dans les Tragedies. C'est où le Poëte doit employer le plus d'artifice, pour en soûtenir les graces & la beauté, & ne tromper point l'attente du Lecteur, qui se promet que la fin d'vn bel ouurage ne sera point inferieure à son commencement, & qu'il s'y trouuera mesmes quelque chose qui surpassera la bonne opinion qu'on en auoit conceuë ; mais non pas de la sorte que font d'ordinaire les Peripeties des Romans, qui surprennent par des auantures prodigieuses, pour ne dire pas extrauagantes, ou du moins excessiues. Quoy qu'il faille auoir grand soin d'y employer le Merueilleux ; mais il faut que le vray-semblable s'y trouue en mesme temps, sans lequel vn Poëme Epique ne se peut faire estimer. Toutesfois, quoy qu'il soit bon de faire paroistre par tout ce Merueilleux auec le vray-semblable, si est-ce qu'il faut que ce soit principalement approchant de la fin de chaque Liure, & sur tout du dernier. Ce que Virgile a heureusement obserué dans ses Georgiques, aussi bien que dans son Eneïde. Mais il faut bien prendre garde de ne rien adjoûter aprés la grande Catastrophe, comme a fait Homere dans l'Iliade, & quelques autres qui ont beaucoup moins sceu l'art du Poëme Epique, ou qui ont eu moins de genie que ce Prince des Poëtes Heroïques, de peur d'en faire perdre le goust & la bonne opinion. C'est pourquoy Virgile qui est toûjours si iudicieux, n'adjoûte rien aprés la mort de Turnus. Et Maffée qui a voulu faire vn supplément de cét admirable Ouurage, nous fait bien connoistre dés-là, qu'il ne s'y entendoit gueres: Car l'Eneïde, quoy qu'en ayent voulu dire quelques-vns, ne deuoit pas estre plus longue que nous l'auons, quand son Autheur n'eust point esté preuenu de la mort, comme il le fut auant que d'y auoir mis la derniere main. Ce qui luy fit conceuoir la pensée de la jetter au feu, bien qu'en effet ce soit le plus illustre monument qui nous reste de l'Antiquité Romaine.

Mais Virgile ne pouuoit-il pas continuer son dessein iusques à l'Apotheose ou Deïfication d'Enée? Il s'en fust bien donné de garde, pour éuiter la mal-heureuse mort de son Heros qui se noya dans le Numice, outre qu'il auoit assez marqué cette gloire en d'autres endroits de son Ouurage, comme dans le premier Liure, où Iupiter dit à Venus; Cessez de craindre, Cytherée, « ce que les Destins ont arresté pour les vostres « est immuable. Vous verrez éleuer les ramparts « d'vne puissante ville, aussi bien que les murs « de Lauinie que nous vous auons promis: & sans « que vous me puissiez reprocher que i'aye chan- « gé d'auis, il vous sera permis d'éleuer aux Astres « le magnanime Enée.

—— Sublimemque feres ad sydera Cœli
Magnanimum Æneam.

Ce qu'il insinuë encore dans le 12. Liure, où Iupiter parle ainsi à Iunon.

Quæ iam finis erit coniux? quid denique restat?
Indigetem Æneam, scis ipsa, & scire fateris
Deberi Cœlo fatisque ad sydera tolli.

« C'est à dire. Vous n'ignorez point, & vous « confessez bien aussi de le sçauoir, qu'Enée doit « prendre vn iour sa place dans le Ciel, & qu'il « sera éleué dans les Astres par la puissance des « Destins. Outre dis-je que Virgile auoit assez marqué cette Deïfication aux lieux que ie viens de citer, il eust vsé d'vne repetition inutile, il se fust rendu ennuyeux, & n'eust pas laissé vne assez belle image de la fin de ce Heros qui se noya, comme ie le viens de dire, dans le Fleuue Numicius, au rapport de Tite-Liue, & de tous ceux qui ont écrit les commencemens de l'Histoire Romaine, bien qu'il fut depuis éleué au Ciel. Mais le judicieux Poëte n'auoit garde de tomber dans ce défaut : & quand l'amour qu'il auoit pour sa Patrie, & le respect pour la maison d'Auguste, ne luy eussent point conseillé de choisir l'Histoire des auantures & de la conqueste d'Enée, pour estre le suiet de son Poëme, il se fust bien abstenu d'en prendre vne autre pour la conduire iusques à vne fin déplorable ou mal-heureuse : car, si ie ne me trompe, dans le Poëme Epique, il n'est pas tant question de fléchir la dureté du cœur par vne commiseration pathetique, que de faire triompher la vertu par vne representation poëtique.

CHAPITRE IX.

De ce que l'on appelle Machine dans le Poëme Epique.

C'EST vne inuention par laquelle le Poëte rend vray-semblable vne action qui est au dessus des forces humaines, employant celle des charmes ou de quelque Diuinité, comme Homere entre tous les autres le pratique assez souuent : Et ceux qui l'ont suiuy ne se sont rendus en cela que trop soigneux de l'imiter, d'où est venu le Prouerbe Latin *Deus in Machina*, quand toutes les voyes humaines & naturelles sont ostées pour sortir de quelque pas difficille, à se débarasser de quelque labyrinte fascheux.

Ce qu'estoient Mercure & Iris parmy les Anciens, les Anges le sont parmy nous : & plusieurs Saints personnages qui sont dans la gloire, tiennent la place qu'on attribuoit aux Diuinitez profanes, & quelquesfois mesme, on fait agir le grand Dieu qui assemble des Conseils, & qui tient la balance des biens & des maux comme le Iupiter d'Homere & de Virgile. Mais ie voudrois que l'on fust vn peu plus reserué en cela, & que le Poëte n'admist point d'action au dessus de la Nature, si ce n'estoit dans vne grande extrémité, selon le sentiment d'Aristote dans le 16. chap. de sa Poëtique. Ioint, qu'il semble, que cela diminué dautant plus la gloire d'vn Heros, comme plusieurs l'ont bien remarqué au sujet du combat d'Enée contre Turnus, où les Dieux fauoriserent ouuertement le Troyen contre le Rutule.

Il ne faut donc point qu'vn Dieu s'entremesle dans l'action, si quelque incident considerable n'y met vn nœud qui ne se puisse deffaire par vn autre moyen.

Nec Deus intersit, nisi dignus vindice nodus
Inciderit.

Toutesfois les grands Poëtes ont quelquesfois iugé à propos d'admettre la puissance des Dieux, pour éleuer d'auantage la gloire de leurs Heros, ou pour faire connoistre que la Prouidence diuine se mesle de toutes choses, & que sans elle, il ne se fait rien au Ciel & en la Terre. Regardez (dit Venus à Enée son fils dans le second liure de l'Eneide, pendant le saccagement de Troye) « Regardez (car ie veux dissiper toute cette « nuée qui couure maintenant vos yeux mor- « tels de son obscurité) Au lieu mesme où « vous voyez ces masses renuersées, & ces Ro- « chers arrachez, émouuoir tant de poussie- « re en l'air, qui se mesle auec vne fumée on- « doyante, Neptune démolit vos murailles aprés « les auoir ébranlées de son fort Trident, &

« détruit toute la Ville iusqu'aux fondemens. Icy « la rigoureuse Iunon, qui l'épée à la main, & « toute en fureur tient la porte de Scée, encou- « rage les troupes qu'elle aime, & les appelle « hors de leurs Vaisseaux. Regardez aussi Pallas « sur les hautes Tours, qui auec son horrible Gor- « gone éclatte du milieu d'vne nuë. Iupiter luy « mesme fauorable aux Grecs leur donne coura- « ge en leur prestant des forces, & anime les au- « tres Dieux contre les Troyens. Mon fils reti- « rez-vous, & mettez fin à vos combats : ie ne « vous abandonneray point : & ie vous feray « regagner sans peril la maison de vostre Pere. Puis Enée qui fait luy mesme ce discours à Didon, adjoûte ; Aprés ce discours, la Deesse se cacha « dans les Ombres épaisses de la nuict ; & les « formes épouuantables de la colere des grands « Dieux ennemis de Troye, apparurent à mes « yeux.

Apparent diræ facies inimicaque Troiæ
Numina magna Deum. ———

Les Anciens entendoient aussi par les Messagers des Dieux, les inspirations qu'ils enuoyoient aux hommes, comme par les Furies des Enfers, ils entendoient les noires passions qui nous rongent le cœur. D'ailleurs chaque Pais & chaque Ville auoit ses Diuinitez Protectrices, comme nous sommes persuadez que des Anges Gardiens ont soin de chacun de nous, & qu'il y a des Saints plus fauorables, ou du moins plus connus en certains lieux qu'en d'autres, comme S. Isidore & S. Diego en Espagne, S. Ianuarius à Naples, S. Marc à Venise, S. Patrice en Hybernie, S. Emerand à Ratisbonne, Saint Irenée à Lyon,

S. Denys & Sainte Geneuiéve à Paris, & ainsi du reste. Et chaque peuple conte ses Miracles, & rend ses actions de graces, selon ses coûtumes.

CHAPITRE X.

De la bien-seance, & des choses qui concernent les Mœurs.

LA Bien-seance se doit obseruer en toutes choses; mais principalement dans la Morale, & dans les vertus Heroïques & sublimes pour les personnes recommandables que le Poëte honore de ses loüanges : car pour les autres qu'il veut representer vicieux & inhumains, ce ne doiuent estre que des Tirans ou des gens de basse condition, pour mettre d'auantage en leur lustre les excellentes qualitez des premiers, comme dans Homere, nous voyons la laideur de Thersite opposée à la beauté d'Achile, & sa langue medisante à la douceur de l'éloquence de Nestor. Dans Virgile la cruauté de Mezence, donne du lustre à la Iustice & à la generosité d'Enée : dans la Thebaïde l'Atheisme de Capanée est tout à fait contraire à la pieté d'Amphiaraus : dans le Tasse la lascheté d'Argilan fait éclater la valeur de Renaud : dans l'Arioste le traistre Pinabel rehausse le merite de la valeur de Roger : & dans le Poëme de la Pucelle, les artifices trompeurs de Gilon, & d'Amaury augmentent le prix de la vaillance du Comte de Dunois.

Mais ie ne celeray point, que ie me suis estonné bien des fois de ce qu'Homere dans son Iliade a representé son Achile si plein de rage & de colere, pour vanger la mort de Patrocle, qui fut

tué sous ses armes, par la main valeureuse d'Hector; aprés que luy mesme eut vaincu cét Hector dans vn combat singulier, ayant consenty de retourner à la guerre, dont il s'estoit abstenu si long-temps de d'épit qu'il eut qu'Agamemnon luy eust rauy Briseïs, Il luy fait exercer des cruautez insuportables, sur le corps de ce Heros, qu'il traisna trois fois autour de sa ville, sans vouloir permettre qu'il fust inhumé, & pour comble d'inhumanité, il luy fait égorger de sang froid douze ieunes Troyens sur le tombeau de Patrocle, pour appaiser ses ombres, sans parler de deux fils de Priam qu'il tua par terre de sa propre main, ne leur pouuant imputer d'autre crime sinon d'estre freres d'Hector, qui auoit tué Patrocle dans le combat en homme de grand cœur. Cependant on ne peut douter que cét Achile inuulnerable & fils de Deesse, ne soit le principal Heros d'Homere. Aussi n'est-ce pas en cela qu'vn si grand Poëte se doit imiter : mais il vaut bien mieux estre de l'auis d'Horace dans son art Poëtique, où il dit; Escoutez maintenant ma
« pensée sur ce sujet, & ce que le peuple en cela
« pourroit desirer auec moy; Si vous auez besoin
« d'vn Acclamateur en vostre loüange qui atten-
« de qu'on tire les rideaux, & qui ne bouge de
« sa place, iusques à ce que celuy qui fait l'action
« ait dit, frappez des mains. Remarquez les incli-
« nations de tous les aages, &c. Où il obserue tout ce qui est de la bien-seance, selon les aages diuers, aprés auoir dit neantmoins vn peu auparauant, que si nous voulons donner des ouurages acheuez, nous deuons suiure ou le commun bruit de l'Histoire, ou feindre des choses conuenables

„ au suiet que nous entreprenons. Si, dit-il, vous
„ dépeignez dauanture Achile plein de gloire,
„ dépeignez-le aussi vigilant, colere, inexorable,
„ opiniastre, ne se voulant point soûmettre aux
„ Loix qu'il maintient n'estre point faites pour
„ luy, & qui s'attribuë toutes choses par la
„ force des armes. Il dit tout cela, selon la description qu'en a fait Homere, puis il adjoûte.
„ Que Medée soit dépite & inflexible, Ino fon-
„ dant en larmes, Ixion perfide, Io vagabonde,
„ Oreste triste & furieux.

Aut famam sequere, aut sibi conuenientia finge
Scriptor. Honoratum si forte reponis Achillem
Impiger, iracundus, inexorabilis, acer:
Iura neget sibi nata, nil non arroget armis.
Sit Medea ferox, inuictaque: flebilis Ino
Perfidus Ixion, Io vaga, tristes Orestes.

Mais quelque commun bruit que l'on doiue suiure, il sera toûjours de mauuais exemple: & peu glorieux à vn Heros de paroistre colere & furieux, bien que d'ailleurs il fust comme Achile intrepide, & doüé de tres excellentes qualitez.

On ne sçauroit faire ces reproches au Heros de Virgile. Mais quelques-vns induisent des tendresses de son ame, & des larmes qui découlent de ses yeux en certaines rencontres, qu'il n'estoit pas si vaillant que Turnus, à qui le Poëte n'attribuë rien de semblable: Ils disent encore que du moins il n'auoit pas assez de fermeté d'ame contre l'effroy des grands perils, tel que celuy qu'il conceut pendant cette grande tempeste qui se voit descrite si admirablement dans le premier liure de l'Eneïde. Premierement ce que l'on appelle effroy en ce rencontre, est nommé de la sorte fort improprement : car, à la bien prendre, ce que le Poëte fait dire à son Heros en ce lieu-là n'est pas tant vne marque de sa peur que du regret de perir malheureusement sans se signaler par quelque belle action. D'ailleurs Virgile qui veut presque imiter par tout Homere, le suit en cela dans son huictiéme liure de l'Odyssée, où il met dans la bouche d'Vlysse des paroles assez semblables lesquelles marquent plustost du cœur que de la foiblesse d'esprit. Pour les larmes d'Enée, elles sont conformes à celles d'Achile : & Alexandre quelque braue qu'il fust, ne les refusa pas à l'émulation de ses glorieux exploits, non plus que Cesar en contemplant vne Statuë d'Alexandre.

CHAPITRE XI.

Du stile & de l'action.

C'EST encore en cecy où il faut employer vn soin tout particulier, afin que dans le Poëme Epique la magnificence de la matiere soit égalée par la grauité du stile & de l'elocution. Mais quoy que les termes choisis & les façons de parler figurées y apportent souuent des graces qui luy concilient l'amour & le respect, si est ce qu'il se faut bien donner de garde, qu'il y paroisse de l'affectation, & que pour ne ramper pas auec des expressions communes ou mediocres, on ne s'éleue point aussi de telle sorte qu'on paroisse plûtost bouffi que majestueux : en quoy pêchent, à mon auis, quelques vns de nos meilleurs Poëtes dans le dessein qu'ils ont sur toutes choses de faire de beaux Vers.

Sans doute la Metaphore y apporte du lustre & de l'aggréement : mais il faut qu'elle soit iuste, & qu'elle frappe agreablement l'imagination comme dans ces Vers.

Elle nourrit sa playe au milieu de ses veines
Et par vn feu secret sent redoubler ses peines.

Imitez de celuy-cy de Virgile.

Vulnus alit venis & cæco carpitur igni.

Au lieu d'auoir dit simplement, & sans aucune figure.

Elle sent dans son ame augmenter son amour,
Et son mal inconnu la presse nuict & iour.

Ou comme vn certain Critique Grammairien qui dans la page 16. de son liure rend ainsi ce Vers de Virgile, *Didon, cache vne blesseure secrette dans le secret de son cœur, & se sent deuorer d'vn feu qu'elle ne connoist point encore :* car outre que cette traduction n'est pas iuste, elle n'est point du tout élegante, *& blesseure secrette dans le secret de son cœur*, est vne fort mauuaise repetition, dont Virgile ne s'est point auisé. Cét homme eust mieux fait de se seruir de cette version. *La Reine agitée depuis long-temps d'vne violente inquietude nourrissoit sa playe dans ses vaines, & sentoit son ame éprise d'vn feu secret.*

Toute la belle Poësie est pleine de choses semblables ; c'est pourquoy, il n'y faut pas tousiours employer les termes propres pour chaque sujet, & sur tout quand il est bas de luy mesme, comme ce que le Poëte dit en suitte.

Multa viri virtus animo, multusque recursat
Gentis honos : hærent infixi pectore vultus,
Verbaque, nec placidam membris dat cura quietem.

« Toutes les grandes qualitez de ce Prince reue-
« noient en son esprit, la gloire de sa race, les
« traits de son visage & la douceur de son entre-
« tien. De sorte que ses soucis ne luy laissoient
« pas vn seul moment de repos. Ou bien en cette
sorte.

La valeur de son hoste en tous lieux reconnuë :
La gloire de sa race aux Astres paruenuë :
Sa figure, ses yeux, ses discours éleuez,
Sont de la main d'Amour en son ame grauez :
Et le soin importun qui son cœur n'abandonne,
Aucun repos tranquille à ses membres ne donne.

Mais quoy qu'il en soit, il ne faut pas aussi toûjours éuiter des termes propres en chaque chose, sans y employer de la Periphrase, comme dans ce mesme endroit, aprés que le Poëte a dit en paroles figurées.

Postera Phœbœa lustrabat lampade terras,
Humentemque Aurora polo dimouerat vmbram.

Il adjoûte.

Cum sic vnanimem alloquitur male sana sororem
Anna soror, quæ me suspensam in somnia terrent
Quis nouus hic nostris successit sedibus hospes? &c.

Ce que i'ay ainsi rendu. Quand cette Princesse
« d'vn esprit mal sain, parla ainsi à sa Sœur qui
« n'auoit point d'autres volontez que la sienne.
« Anne ma chere Sœur, quels songes troublent
« mon repos & me donnent de l'effroy ? Quel
« est ce nouuel Hoste qui s'est venu retirer chez
« nous ? &c. Tout cela se dit vniment, & il auroit esté mesme de mauuaise grace d'y employer de la Periphrase, au lieu que dans les deux Vers precedents, où le Poëte décrit la naissance du iour, s'il se fust contenté de dire simplement.

Aussi-tost que le iour parut le lendemain,
Didon vint à sa Sœur; & d'vn Esprit mal sain
Anne ma Sœur, dit-elle, ô que d'étranges songes
Affligent mon esprit de leurs tristes mensonges!

Il auroit fait de miserables Vers, & se seroit exprimé de fort mauuaise grace, quoy que sans faire des Vers, on ne pourroit blasmer de telles façons de parler. Mais ayant fait vne Traduction de l'Eneïde en Prose, afin de conseruer le sens & le tour du stile figuré, où son admirable Autheur l'employe si heureusement; i'ay essayé de le soûtenir auec vn peu de grace, rendant ce passage en cette sorte. *La terre estoit éclairée du Flambeau du iour: & l'Aurore auoit chassé du Ciel les humides Ombres de la nuict.*

Ie n'en aurois pourtant pas vsé de la sorte sans les obligations que m'en ont imposées les Loix de la Version, bien que le stile Poëtique ait toûjours quelque chose d'agreable, & que les Orateurs mesmes ne s'en dispensent pas en plusieurs descriptions, dont ils embellissent leurs Ouurages. Mais, quoy qu'il en soit, dans les vns & dans les autres, il se faut bien abstenir de donner dans l'excés, & ce seroit mal parler de dire comme cét Ancien.

——*Costam longo subduximus Apennino.*
Nous ostons vne coste à la Roche Apennine.

Ou comme celuy cy.

Le Dauphin qui fendoit le dos bleu de Nerée.

Ou plustost comme Du Bartas qui parlant des Anges, les appelle.

Assesseurs, Postillons, Heraux de Ciel qui darde
L'orage sur le dos des Rocs audacieux.

Et qui nomme l'Ocean, *Le flot flottant Nerée*;
Ou comme vn autre Poëte de beaucoup de reputation qui parle ainsi de Iob dans la gloire.

Là, regne des premiers sur vn Trône du iour
Iob ce fameux souffrant, qui fort comme vne Tour, &c.

Et dans vn autre lieu.

De sueur & de sang nos traces éclairées
Et d'vn long trait de iour & de feu colorées.

Ou celuy-cy.

On voit de l'vn à l'autre, vne Forest voler.

Pour dire vne grande multitude de traits. Et cét autre d'vn Poëme celebre.

Artisan de carnage instigateur de crimes,
Et luy mesme chasseur de ses propres Victimes.

Et mille autres semblables que ie pourrois icy alleguer.

Car, pour en dire la verité, ces sortes d'expressions ne sont pas seulement incroyables, & excessiues dans le dessein d'estre Poëtiques; mais elles ont quelque chose qui surprend l'imagination, & qui la trouble en mesme temps.

Les termes équiuoques, qui ne sont point employez à dessein, quelques beaux qu'ils peussent estre, ne sont pas moins à éuiter, parce que de deux pensées qu'ils forment à la fois, la plus mauuaise preuient toûjours la meilleure, & laisse vne mauuaise opinion du iugement de son Autheur, comme ce Vers employé par vn fort bel Esprit dans vne imitation de Lucain.

Le sang contre le sang laschement déclaré.

Où d'abord l'on entend le mot de *laschement* par *foiblement*, ou *traitreusement*. Cependant le Poëte qui s'en est seruy ne l'entend pas de la sorte,

& a voulu dire que les Citoyens, ou les Alliez du peuple Romain se sont déclarez les vns contre les autres, au préjudice de toute sorte de Loix, & d'équité, & non pas auec foiblesse ou lascheté : car c'est en ce sens-là que le mot de *lasche* se prend ordinairement ; & que le mesme Autheur l'a employé en quelque endroit.

Et pourray-je souffrir que de lasches Forçats,
L'emportent à mes yeux sur ces braues soldats?

Mais voicy encore vn exemple d'vn autre Escriuain, qui se presente à mon souuenir sur ce mesme sujet.

Ton Camp par Escadrons la Peste fauchera,
Vn de tes fils ateints sous sa faulx tombera.

Il semble d'abord que ce soit le Camp qui doiue faucher la Peste ; Cependant l'Autheur veut dire tout le contraire. Ainsi vn Oracle prononça autrefois ce Vers ambigu à Pyrrhus qui l'estoit venu consulter touchant l'éuenement de la guerre qu'il vouloit déclarer aux Romains.

Æjo te, Æacida, Romanos vincere posse.

C'est à dire, auec la mesme équiuoque.

Eacide, ie dis, les Romains, pouuoir vaincre.

Il ne faut donc pas que le Poëte pour se vouloir seruir de termes pompeux & magnifiques die quelquesfois tout le contraire de sa pensée : & si vn Potier a commencé de former vne Cruche de terre, il ne faut pas que de sa rouë qui tourne, il nous donne vne Eguiere.

—— Amphora cœpit
Institui currente rota, cur vrceus exit?

Enfin, dit Horace à celuy qu'il veut former à l'art Poëtique: Ce que vous voulez faire doit estre ſimple, & de parties conuenables qui reuiennent à vn tout.

Denique ſit quoduis ſimplex dumtaxat & vnum.

Mais, adjoûte-il, nous ſommes fort trompez
« par l'apparence du bien, nous autres qui faiſons
« des Vers: Veux-je m'efforcer d'eſtre bref? Ie
« deuiens obſcur. D'ailleurs la force & la vigueur
« manque à celuy qui cherche trop de politeſſe.
« Vn autre eſt enflé qui dit de grands mots: l'vn
« rampe par terre qui veut marcher trop ſeure-
« ment, & qui apprehende l'orage: & l'autre
« qui ſe donne vne peine prodigieuſe pour varier
« quelque matiere, fait nâger vn Dauphin dans
« les Foreſts, & marcher vn Sanglier ſur les flots.
« La fuitte d'vne faute, iette d'ordinaire quel-
« qu'vn dans le vice, ſi cette fuitte n'eſt point
« ingenieuſe.

Decipimur ſpecie recti. Breuis eſſe laboro,
Obſcurus fio. Sectantem læuia nerui
Deficiunt animique; profeſſus grandia turget:
Serpit humi tutus nimium, timiduſque procellæ
Qui variare cupit rem prodigialiter vnam
Delphinum ſyluis appingit, fluctibus aprum
In vitium ducit culpæ fuga, ſi caret arte.

Au reſte, dit-il, en continuant ſon diſcours: Vous ne ſemerez pas dans voſtre Ouurage, ſans beaucoup de délicateſſe & de diſcernement, des mots qui ne ſont point en vſage. Vous parlerez élegamment, ſi par vne liaiſon ingenieuſe, vous faites connoiſtre auec eſtime vne expreſſion nouuelle. Si d'auanture, il eſt neceſſaire de debiter pluſieurs ſecrets des choſes naturelles par de nouueaux indices, & de feindre des mots inoüis aux Cetheges ceints de leur eſpée allant à la guerre, il se pourra faire, & la licence n'en sera pas deniée, pourueû qu'on en vse discrettement. Au reste les termes recents, & ceux que l'on a forgez depuis peu, seront mis en credit s'ils coulent sans peine, pourueû qu'ils ne soient point tirez de grande force de la fontaine des Grecs. Mais quoy? le Romain permetra-t-il à Plaute & à Cecilius, ce qu'il refuse à Virgile & à Varius? Pourquoy seray-je enuié, si i'adjoûte quelque chose à nostre vsage? Puis que la bouche de Caton & d'Ennius a bien enrichy le langagé de la Patrie ayant inuenté des termes nouueaux pour des choses diuerses? Il a esté & sera toûjours permis de faire des mots qui portent des carracteres de leur temps. Comme les forests changent toutes les années de feüillages, & que les premiers tombent pour faire place aux seconds; ainsi le vieux âge des paroles s'en va, & celles qui ne font que de n'aistre fleurissent comme les ieunes gens, & sont quelque temps en credit.

Ie ne voudrois pas aussi exempter de blasme le Poëte qui voudroit vser trop souuent d'vn terme Metaphorique ou figuré, quelque beau qu'il peust estre, parce que l'affectation ou la repetition trop frequente en feroit perdre entierement la beauté, & feroit repentir le Lecteur iudicieux de l'auoir loüé pour la premiere ou pour la seconde fois, comme il m'est arriué souuent, & particulierement dans la lecture d'vn Poëme de merite, où son Autheur a fait de fort beaux Vers. Par exemple, le mot de *balancé*, qui n'est pas mauuais, luy semble si commode, & peut-estre si noble & si beau, qu'il l'employe tres-souuent dans vne signification figurée, comme en ces lieux-cy:

La Flotte cependant en bel ordre s'auance,
Vn mouuement égal la pousse & la balance.

*

Et cependant l'Amour sur ce feu balancé,
Acheue par ces mots le recit commencé.

*

De l'vn à l'autre camp le combat élancé,
Sur les traits emplumez dedans l'air balancé.

*

La victoire incertaine & dans l'air balancée ;
Par la valeur du Roy viuement est pressée.

*

De son Ange conduit descend comme vn éclair ;
Dont le feu balancé glisse du haut de l'air.

*

Le Ministre emplumé de sa Sphere s'élance,
A l'Estoile pareil que sa cheute balance.

*

A leur nombre, à leur ordre, à leurs files pressées ;
Ils paroissent de loin des Citez balancées.

*

Ormin qui pût d'vn trait de son bras élancé ;
Abattre le Milan dans les airs balancé.

*

Le Tillac à tous deux est vn champ balancé,
L'vn & l'autre à son tour poussant & repoussé.

*

Il admire des Flots en Cercle balancez,
La tristesse roulante, & les tours compassez.

*

De l'vn à l'autre bord sa masse balancée,
Et comme par mesure également poussée.

*

Son auie entre deux coups quelque tẽps balancée,&c.

Monſieur Chapelain vſe fort ſouuent de la meſme ſorte du mot de *ſeruage*, qu'il ſemble affecter, par ce qu'il eſt beau, au lieu que l'autre ne s'en ſert point du tout. Ie l'ay remarqué en cinq ou ſix endroits du premier Liure de ſa Pucelle.

Meurs pluſtoſt que ce peuple endure le ſeruage.

*

Tu m'apprens le chemin d'éuiter le ſeruage.

*

Par les lieux que Bethfort a reduits en ſeruage.

*

Sans voir qu'en la ſuiuant tu courois au ſeruage.

*

Qui nous doit affranchir de mort & de ſeruage.

Dans le ſecond & dans le 4. liure, il ſe trouue autant de fois. Mais chaque Autheur a toûjours quelque caractere particulier qui ſeroit capable de le faire reconnoiſtre: & cette façon de parler *plus qu'aucun* eſt encore, par exemple, plus familiere à celuy-cy, qu'à beaucoup d'autres, l'ayant trouuée aſſez ſouuent dans ſon Liure.

Charles qui plus qu'aucun la bataille deſire.

*

Il ſeruit plus qu'aucun à perdre cét Empire.

*

Et bien que plus qu'aucun oppreſſé de douleur.

*

Plus qu'aucun ſans retien montre de la douleur.

*

Sans retien plus qu'aucun s'abandonne à la plainte.

*

Et bien que plus qu'aucun il ſe ſente abbatu.

On a auſſi remarqué de Monſieur Godeau Eueſque de Vance, qui eſcrit ſi heureuſement en Proſe & en Vers, qu'il auoit employé pluſieurs fois, & peut-eſtre trop ſouuent la rime de *choſes*, & de *roſes*, comme dans ſon Poëme de Sainct Paul.

Son merueilleux pinceau qui donne vne ame aux choſes.
Sur le teint de Iudith aux Lys meſlé de roſes.

Et ailleurs.

Mais lors que le Printemps, Pere des belles choſes,
Regne dans les jardins ſur le Trône des roſes.

Et dans ſon Hymne à la Sainte Vierge.

Semez tous ſes chemins de roſes,
Pour dire en vn mot toutes choſes.

Vn peu auparauant.

Son pinceau peignant toutes choſes,
Vn vif incarnat pour les roſes, &c.

Dans la 5. Eglogue.

Sa molle volupté qui marche ſur les roſes.
L'aueugle Ambition qui tente toutes choſes.

Il s'en pourroit encore trouuer de ſemblables dans le liure des Pſeaumes: mais en verité, cela s'eſt dit odieuſement par vn Autheur qui n'auoit point de nom, & dont l'ouurage n'a pas laiſſé d'eſtre leu: car il eſt certain que ce Prelat illuſtre de qui l'eſprit eſt parfaitement riche, n'a point abuſé de cette façon de parler: & pour s'en eſtre poſſible ſeruy, ſept ou huict fois dans vne Poëſie fort nombreuſe, de quelque façon qu'on la conſidere, ie ne voy pas qu'il y ait ſujet de s'en récrier ſi fort. Outre que la neceſſité de la Rime empeſche bien ſouuent de s'en diſpenser, quoy que celles-cy ne soient pas vniques. Ainsi par exemple, quand à la fin d'vn Vers, on employe le mot de *Princes*, il faut d'ordinaire l'accoupler auec le mot de *Prouinces* pour faire la Rime; *hommes*, & *sommes*, & quelques autres semblables, dont il ne faut point tirer de consequence, ny induire le caractere d'vn stile. Celuy de M. G. n'est reconnoissable, que par sa facilité dans son abondance, & sa grande pureté. Pour moy, ie n'y voy point d'autre marque asseurée pour le discerner entre tous les autres, & i'estime extrémement tout ce qu'il fait.

Celuy de Monsieur de S. Amant se trouue par tout orné, & mesme dans ses pieces les plus serieuses, d'vne certaine Gayeté qui n'appartient qu'à luy, sans sortir de la bien-seance qu'il faut obseruer par tout. Delà vient que ses Ouurages, ont trouué tant d'accueil dans le Public, quoy que depuis quelques années on l'ait voulu blâmer de certaines hardiesses trop fortes dans l'expression. Mais pour moy, ie ne suis pas de cét auis, & ie trouue que par tout son élocution est fleurie; & que sa hardiesse est genereuse & modeste.

Il y a beaucoup de noblesse & de dignité dans celuy de Monsieur de Scudery, qui recherche en toutes choses auec soin les termes propres des Arts, & qui les y employe heureusement.

Le stile du Poëme de Clouis ne trouue rien qui l'arreste: il est ingenieux, & naturel. Et celuy du fameux Autheur de la Sainte Couronne reconquise, coule comme vne Eau rapide sur des lieux raboteux, où elle fait beaucoup de bruit: & se soûtient par tout auec des figures hardies qui le font assez remarquer. Pour moy, ie le reconnoîtrois, sur tout à celle des Epiphonemes, où il resume souuent en peu de paroles les choses qu'il a dites auparauant, comme dés le commencement de son illustre Poëme aprés auoir dit au sujet de S. Louys.

Le proiet en fut grand, plus grand en fut l'ouurage
L'Enfer mit contre luy, ruse & force en vsage:
Il fit des Legions de Phantosmes armez,
En Machines, il mit les Elements charmez:
Et dans vn Camp de feu, que les Demons formerent,
Auec les Sultans, les Monstres se rangerent.

Il adjoûte.

Mais le Saint Roy vainquit Sultans, Monstres, Demons,
Fit de sang & de corps des Fleuues & des Monts.

Et cét autre dans le 3. liu. aprés auoir dit.

Telles qu'on les entend au sac de quelque place,
De leurs tristes accents rompent nostre repos,
Et resueillent au loin les Vents & les Echos.
Les Echos, & les Vents en trouble leur respondent
Du riuage prochain les Vagues les secondent.

Il adjoûte dans la mesme figure, qui est bien raisonnable, mais qu'il affecte beaucoup.

Et les Vagues, les Vents, les Echos & la Nuit,
Font vn concert d'horreur, de tumulte & de bruit.

Dans le 6. liure.

Le Fleuue cependant éleué sur ses bornes
Donne licence aux flots, qu'il pousse de ses cornes.

Puis en continuant.

Et les flots auec bruit de ses cornes poussez
Passent victorieux sur leurs bords renuersez.

Et plus bas resumant ce qu'il a dit au dessus.

Et menace en brauant Canaux, Digues, &
Ponts,
De ne borner son lit que des Cimes des Monts,
&c.

Et ailleurs en parlant d'vn Cheual.

Il bondit vainement, vainement il consume,
Sa colere en fumée, & sa fougue en écume.

Et adjoûte.

Apres auoir en vain bondy, tourné, fumé,
Apres auoir écume & soufle consumé,
Soit de gré, soit de force, il faut qu'il obeïsse
Et qu'à pas mesurez il r'entre dans la lice.

C'est donc là vne figure, dont ce Poëte vse fort souuent, & qui luy est tout à fait particuliere.

Il n'est rien de plus frequent dans tous les Escrits de ce Poëte, ce que ie n'ay point remarqué dans tous les autres, tant il est certain que chacun porte en tout ce qu'il fait, le caractere de son Esprit & de son genie.

C'est vne belle figure de marquer les Empires, & les grands Estats par les Enseignes qu'ils portent; mais il ne faut pas que cela se fasse auec excés. Monsieur de Scudery qui entre tant de beaux Poëmes qu'il nous a donnez, a dit ce me semble en vn certain lieu pour marquer l'Angleterre vaincuë.

On leur voit remporter dans leurs tristes Patries
Des Leopards blessez & des Roses flestries;

A esté imité en cela de plusieurs qui ont écrit depuis, & entr'autres par le Pere le Moine dans son Poëme de Saint Loüis, où aprés auoir dit sur vn pareil suiet.

L'Angleterre confuse & chez soy resserrée,
A peine sauuera sa Rose déchirée.

Et dans la mesme figure.

De Tribunaux rompus d'Enseignes renuersées,
Des Sceptres de Roys morts, de Couronnes cassées.

Et ailleurs.

Ne fait plus qu'vn amas d'Histoires confonduës,
De Mysteres brisez, & d'Images perduës.

Et encore ailleurs.

Estalent par morceaux les Histoires antiques.

Il adjoûte en parlant des Estats du Soudan d'Egypte, auquel il attribuë pour ses Armes la Lune ou le Croissant, tel que le portent aujourd'huy les Princes Otomans.

Que de Lunes vn iour dans la Mer s'esteindront.

*

Et les Croissants rompus qui des portes tomberont.

*

De noyer dans son sang ses Lunes étouffées,
Et de Turbans captifs eriger des Trophées.

*

Menaçoient du Croissant la fatale grandeur.

*

Quand sur Mer les Croissants & les Croix se choquerent.

*

Au Croissant offusqué la lumiere il rendroit.

*

Ont au Croissant vainqueur laißé leurs Croix captiues.

*

La terreur du Croissant, & l'appuy de la Croix.

*

Donnent de tous costez dans le camp des François,
Et vangent le Croissant des affronts de la Croix.

*

Sur la Croix éleua le Croissant dans le Temple.

*

Esclaue du Croissant ronge ses fers en vain.

*

Eut blanchy de Memphis les Croissants & les Tours, &c.

Il faut aussi éuiter les expressions qui peuuent donner de mauuaises ou de vilaines images, dont ie me veux abstenir d'apporter des Exemples, parce que ie ne le pourrois faire honnestement, ny sans des-obliger cruellement ceux qui en ont vsé. Il faut éuiter également les meschants Vers: ceux qui sont rudes, où les Syllabes se choquent des-agreablement, ceux qui ne sont que de Monosylabes, s'ils ne sont fort naturels comme celuy-cy de Malherbe.

Et moy ie ne voy rien, quand ie ne la voy pas.

Ou celuy-cy du premier liure de la Pucelle.

Qui ne fut pas vn d'eux, & qui fut tous les trois.

Et ceux qui ne sont que de grands mots, comme

Esperance friuole, étrange fantaisie.

Ou cét autre.

Ses inhumanitez furent insupportables.

Il ne faut pas trop affecter non plus les mots des Arts s'ils ne sont beaux ou fort connus, tels qu'il y en a dans la Chasse, dans la Milice, dans la Nauigation, & dans l'Architecture. Ie ne sçay pas si comme vn fort bon Autheur, parlant du Maneige des Cheuaux, il faut employer dans vn Poëme tres serieux.

Les groupades, les ſaults, les voltes, & les bons.

Et en ſuitte.

Vont tantoſt terre à terre, & tantoſt à groupades.

Car *groupades*, n'eſt pas vn beau mot, & ie douterois fort qu'il fuſt connu hors du maneige. Ce meſme Autheur parlant en vn autre endroit d'vne joûte, vſe de ce terme.

De ſa part le prouoque à courir vne Lance.

Qui pourroient bien eſtre des façons de parler de l'Art, mais elles ſont vn peu trop recherchées, ſi toutesfois, on peut aſſeurer qu'elles ſoient abſolument de l'Art. Virgile n'en vſe pas ainſi, & ne ſe ſert que de termes connus; mais bien choiſis dans l'vſage, ſans faire de mauuais ſon, iuſques-là meſme que les noms qu'il donne aux Perſonnages qu'il fait agir dans ſon Ouurage, ne ſont point deſ-agreables, & ne donnent point de vilaine image.

CHAPITRE XII.

De la Verſification.

CELLE du Poëme Epique en noſtre langue eſt beaucoup plus belle en grands Vers de douze à treize ſyllabes que nous appellons *Alexandrins*, que non pas en Vers de dix à onze Syllabes, que Ronſard appelloit *Heroïques*, dont il s'eſt ſeruy dans ſa Franciade, qu'il commence en cette ſorte.

Muſe, enten-moy, des ſommets de Parnaſſe
Guide ma langue, & me conte la race,
Des Roys François iſſus de Francion,
Enfant d'Hector, Troyen de Nation.

Ie tiens aussi que pour vn tel Ouurage, les Vers vnis sont preferables aux Vers inégaux, & mesmes aux Stances, de six, de huict, & de dix Vers, comme il s'en trouue en la plus part des Poëmes Italiens, tels que ceux du Tasse de l'Arioste, & du Caualier Marin ; ce qui seroit parmy nous, la chose du monde la plus ennuyeuse, parce que ce seroit multiplier l'harmonie de nostre Poisie qui n'en a dé-ja que trop par la iustesse de nos Cesures, qui tombent toûjours aprés la sixiéme syllabe, & l'abondance de nos rimes qui mélent alternatiuement des terminaisons Masculines & Feminines, dans vn ordre si mesuré, qu'il n'est iamais permis ny d'enjamber, comme on parle, sur vn autre Vers, ny de l'outre-passer. Et ces Cesures sont telles qu'il y a des mots qui n'y peuuent iamais entrer, comme les pluriels des terminaisons feminines, soit des noms, soit des verbes : & les terminaisons feminines au singulier y doiuent toûjours estre suiuies d'vne voyelle au commencement du second Hemistiche, ou de l'autre demy Vers. Dailleurs il faut obseruer qu'vn mot qui commence par vne voyelle, ne doit iamais suiure vn autre mot qui finisse par vne voyelle, si ce n'est dans vne terminaison feminine, comme *admirable en beauté* : mais si l'on disoit *en beauté admirable*, il ne vaudroit rien à cause de l'é ouuert qui se trouue à la fin de *beauté*, lequel ne se peut manger, parce que la terminaison, n'est pas feminine, comme *d'admirable* ou de *belle*. Et de ces terminaisons de l'E feminin, ie croy que nous en auons de plus de cent sortes, comme *admirable*, *cruelle*, *diuine*, *humaine*, *bonne*, *ciuile*, *jolie*, *paresseuse*, *puissante*, *admirée*, *gentille*,

France, *Eſpagne*, *Angleterre*, *Hongrie*, *Pologne*, *Suede*, *Prince*, *Princeſſe*, *Homme*, *Beſte*, *Aurore*, *Heſperide*, *Folle*, & ainſi du reſte : car toutes ces terminaiſons ſont differentes : Et les pluriels de toutes ces terminaiſons, outre l'é muet auec *nt*, comme les pluriels des verbes, *ils admirent*, *adorent*, *danſent*, *courent*, *ſuiuent*, *montent*, *joüent*, &c. dont le nombre eſt fort grand ; mais il faut remarquer que les pluriels des imparfaits, comme *ils admiroient*, *ils adoroient*, &c. n'ont pas la rime feminine, parce que l'é ne ſe prononce pas ſeul, & tient du ſingulier, *il admiroit*, *il adoroit*, dont la rime eſt vnique, ſe prononçant dans tous les mots auec la meſme proportion. Tout cela donc, quand il ſe trouue enſemble, comme les Loix de noſtre Poëſie l'exigent pour faire des Vers, compoſe vne harmonie ſi reguliere & ſi iuſte, qu'il ne s'y rencontre dé-ja que trop d'vniformité ; De ſorte que de la multiplier encore par des Stances, ou par des Sonnets, comme i'en ay vû conceuoir le deſſein pour vn Poëme tres ſerieux, ce ſeroit, à mon auis, la rendre inſuportable à la longue, par les meſmes raiſons de la Muſique, qui recrée bien pour peu de temps, mais qui laſſe bien-toſt tout le monde par la durée de ſes accords, ſi l'on n'y meſle vne grande varieté ; quoy que cette varieté meſme n'eſt pas capable le plus ſouuent d'empeſcher cét ennuy imperceptible, dont l'experience ſeule peut iuger.

Ceux qui ne ſçauent pas les regles de noſtre Poëſie Françoiſe, & ſur tout pour la ſtructure du Vers, les pourront apprendre, s'ils veulent dans la briéue inſtruction qu'en ont donnée depuis peu, des Perſonnes fort habiles, à la fin d'vne nouuelle methode pour apprendre facilement, & en peu de temps la langue Latine. Elles y sont écrites auec toute l'exactitude, & toute la clarté qu'on le sçauroit desirer: & rien n'y est alteré dans l'Orthographe receuë, ny aux mots qui sont en vsage, comme certaines gens qui ont trop bonne opinion d'eux-mesmes, & qui se meslent aussi de faire des Liures. Et quoy que ce soit auec fort peu de succés, ils ne laissent pas de se persuader qu'ils se sont acquis assez de credit pour changer en l'vn & en l'autre tout ce qui leur plaira. Ie n'apprehende pas qu'on me soupçonne que i'entende icy parler d'aucun de ceux qui écriuent auec reputation, ny de quelques autres qui ont donné au public tant de marques de leur éloquence & de leur érudition, pour quelque petite affectation legere; mais de ceux qui pensant auoir bien raffiné, nous ostent le t de *et*, l's d'*estant* & d'*oster*, & écriuent *veritablemant*, *admirablemant*, &c. pour *veritablement*, *admirablement*, &c. ils corrigent le mot de *Philosophie*, dont ils changent les deux premieres lettres en vne f simple, comme si le *Ph*, se pouuoit autrement prononcer que l'f seule: qui mettent vn z, à la fin des mots qui se terminent, comme *apres*, dont ils ostent l's, qui au lieu de *Miltiade & d'Alcibiade*, écriuent *Miltiadez*, *Alcibiadez*, & non pas *Miltiades*, *Alcibiades*: qui construisent miserablement leurs periodes, & qui ont bien souuent de mauuais mots, ou qui se seruent mal des bons, qui n'écriuent d'ordinaire que des niaiseries, & des impertinences pueriles, parce qu'ils n'ont point de genie, & n'ont que fort peu de sens & d'érudition, & qui voudroient bien neantmoins nous faire à croire qu'ils sont les plus habiles hommes du Monde, par vne certaine grimasse affectée, si d'ailleurs on ne sçauoit bien qu'ils sont fort superbes & fort ignorants.

Mais, si ie dois dire ce que ie pense de nostre versification, dans la rigueur des reigles où ie la vois reduitte, & sur tout pour le Poëme Epique, qui est de longe haleine; Certes i'apprehende qu'à la longue, elle satisfasse mal-aisément à l'attente de plus délicats & des plus iudicieux, pour les raisons que i'ay dé-ja dites; de sorte qu'il pourroit bien arriuer en peu de temps, que, comme nous auons vû ie ne sçay qu'elle vilaine Poësie Burlesque, metre l'estime de celle-cy en danger de perir parmy beaucoup d'Esprits, & dans la Cour mesme, où les longs ouurages, & sur tout ceux qui sont si graues, passent pour ennuyeux, on cherchera quelque inuention pour la rendre plus naturelle, ou vn peu moins contrainte qu'elle n'est pas. Et ie ne doute point aussi que l'on ne relasche vn peu de cette seuerité, ou de cette iustesse excessiue que nous auons marquée, pour nous seruir des beautez & de tous les auantages de nostre langue, depuis que par des soins assez laborieux, nous l'auons vû approcher si fort de sa perfection, ainsi que les Anciens vsoient de la leur, quand elle se purifioit encore des rudesses qu'elle auoit retenuës de sa premiere origine, & de l'Idiome des Estrangers.

CHAPI-

CHAPITRE XIII.

De la mesure & de l'estenduë du Poëme Epique, & de ceux qui meritent le nom de Poëtes.

ON demande de quel nombre de Vers & de liures vn Poëme Epique doit estre composé. Quoy qu'il semble d'abord, que cela soit inutile ou indifferent, si est-ce qu'il ne l'est pas absolument : car enfin, il faut qu'il y ait des bornes raisonnables en toutes choses, & l'on doit garder par tout vne certaine proportion. Quant au nombre des liures, il est indeterminé, selon les suiets : mais pour celuy des Vers, en chaque liure, quoy qu'il ne soit pas limité précisement, si est-ce qu'il ne doit pas exceder mille ou douze cent, qui est à peu prés celuy, dont vne Tragedie est composée : & vn Poëme Epique, qui égale la longueur de huict ou neuf Tragedies, est assez long, si le sujet n'est pas trop abondant. Delà vient qu'il s'est trouué des Critiques qui ont repris Homere d'auoir composé ses deux Poëmes trop longs, puis qu'ils sont de 24. liures chacun, & que l'on a dit en Prouerbe d'vne chose qui est trop longue, *que c'est vne Iliade*. Cependant il n'y a point d'apparence que ce soit de ces deux Poëmes, dont Aristote ait voulu accuser la longueur ennuyeuse, quand il a remarqué ce vice-là en quelques Anciens qui auoient composé des Theseïdes & des Heracleïdes. Quoy qu'il en soit, on a obserué que l'Odyssée est de 12300. Vers, ou enuiron, que l'Eneïde est de 9855. Vers, & la Ierusalem déliurée du Tasse de 13088. Pour la quantité des liures, elle eſt fort diuerſe, ſelon les ſujets qui ont eſté traittez, & ſelon le genie ou la fecondité des Poëtes qui les ont composez. Les Poëmes d'Homere ſont donc de 24. liures chacun : le ſeul des Dionyſiaques de Nonnus, eſt de 48. liures : celuy de Quintus Calaber, pour les reſtes d'Homere, eſt de 14. liures : il n'y en a qu'vn de Tryphiodore ſur le meſme ſujet : celuy des Argonautes d'Apollonius eſt de 4. la diuine Eneïde eſt de douze liures : la Thebaïde de Stace eſt d'autant : ſon Achilleïde eſt de cinq : la Pharſale de Lucain imparfaite eſt de dix : le Poëme de Silius eſt de 17. les Metamorphoſes d'Ouide ſont de quinze : le Poëme de Valerius Flaccus, eſt de huit : celuy du rauiſſement de Proſerpine de Claudien, eſt de trois : l'Afrique de Petrarque eſt de 9. la Chriſtiade de Vida eſt de ſix : les Couches de la Vierge de Sanazare ſont de trois : le Roland du Boyardo eſt de trois liures diuiſez en 68. chants : celuy de l'Arioſte eſt de 46. la Ieruſalem déliurée du Taſſe eſt de 20. l'Adonis du Caualier Marin eſt encore de 20. la Franciade de Ronſard imparfaite n'eſt que de quatre : le Moyſe de Monſieur de Saint Amant eſt de 12. parties : le Saint Paul de Monſieur Godeau Eueſque de Vance, eſt de cinq liures : l'Alaric de Monſieur de Scudery eſt de dix : le S. Louys du Pere le Moine eſt de 18. la Pucelle de Monſieur Chapelain imparfaite eſt de 12. liures : le Clouis de Monſ. des Marets de 26. le Conſtantin du Pere Mambrun de 12. le Saint Ignace du Pere le Brun de 12. liures. Et ainſi de pluſieurs autres qui écriuent ou qui ont écrit en diuers païs & en langues diuerſes, des Poëmes illuſtres auec reputation.

Mais tous ceux-cy meritent-ils le nom de Poëtes Heroïques? Pour moy ie le veux croire, & ie ne voy pas mesme qu'il y aït lieu d'en douter, aprés les belles choses qu'ils ont faites, & les connoissances qu'ils en ont eues, dont leur Patrie a sujet de se glorifier. Mais si Ronsard, & quelques autres aprés luy, de ceux qui écriuent aujourd'huy, en doiuent estre crûs, ils ne reconnoissent pour Poëmes Heroïques, aprés les deux d'Homere, que l'Eneïde de Virgile, & la Ierusalem du Tasse. Lisez pour ce sujet ce qu'en a écrit entre autres le Pere le Moine dans sa Preface sur son Poëme de Saint Louys, où il est pourtant aisé de iuger qu'il est bien persuadé du merite de son Ouurage, lequel doit tenir lieu entre les plus parfaits que nous ayons en ce genre-là. Il y a sujet de croire qu'il en est ainsi de tous les autres qui ont porté vn pareil iugement, & qui ont essayé de faire des Poëmes Heroïques, dont il n'appartient pas certainement à toutes sortes de personnes de iuger. Et Ronsard dans sa Preface sur la Franciade qui est vne espece de petit traité du Pœme Epique, croit tellement que Virgile est l'Vnique en ce genre-là, entre les Latins, qu'il auertit son Lecteur de *n'y en chercher point d'autres, si ce n'estoit de fortune Lucrece. Mais parce*, dit-il, *qu'il a escrit ses Frenesies, lesquelles il pensoit estre vrayes selon sa secte, & qu'il n'a pas basty son œuure sur la vray-semblance, & sur le possible:* (cela n'est n'est guere à propos sur le suiet de l'Ouurage de Lucrece, qui est purement Philosophique) *Il luy oste du tout*, adjoûte-t-il, *le nom de Poëte, encore que quelques-vns de ses Vers soient non seulement excellents, mais diuins. Au reste*, ce sont encore ses propres termes, *les autres Poëtes Latins ne ſont que Naquets de ce braue Virgile premier Capitaine des Muſes, non pas Horace meſme, ſi ce n'eſt en quelques-vnes de ſes Odes, ny Catulle, ny Tibulle, ny Properce, encore qu'ils ſoient tres excellents en leur meſtier, ſi ce n'eſt Catulle en ſon Athys, & aux nopces de Peleüs: le reſte ne vaut pas la chandelle. Stace a ſuiuy la vray-ſemblance en ſa Thebaïde. De noſtre temps Fracaſtor s'eſt montré tres excellent en ſa Siphilys, bien que ſes Vers ſoient vn peu rudes.* [Fracaſtor pour ſa Siphylis ne doit pas eſtre mis au rang des Poëtes Epiques, non plus qu'Horace, Tibulle & Properce] *les autres vieux Poëtes Romains, comme Lucain, & Silius Italicus, ont couuert l'Hiſtoire du Manteau de Poëſie: ils euſſent mieux fait, à mon aduis, en quelques endroits d'eſcrire en Proſe* [ils le deuoient donc faire en tous] *Claudian eſt Poëte en quelques endroits, comme au Rauiſſement de Proſerpine*, il blaſme le reſte de ſes Oeuures pour la Poëſie, & dit que comme les autres Poëtes Latins depuis Virgile, il s'eſt plus eſtudié à l'enflure qu'à la grauité: *car voyant*, dit-il, *qu'ils ne pouuoient égaler la maieſté de Virgile, ils ſe ſont tournez à l'enflure, & à ie ne ſçay qu'elle pointe & argutie monſtrueuſe, eſtimants les Vers eſtre les plus beaux ceux qui auoient le viſage plus fardé de cette curioſité.* Et en ſuite, on diroit que c'eſt Monſ. de Montagne qui écrit tant le ſtile de Ronſard reſſemble au ſien pour la Proſe, auſſi eſtoit-ce le plus beau qui fuſt du temps de ces deux Perſonnages, quoy que le ſtile de Montagne paroiſſe vn peu plus élegant en ce genre-là. Tel eſt donc le ſentiment de ce Poëte, auquel le Pere le Brun qui l'a traduit ſoigneuſement en Latin dans ſon traitté du Poëme Epique, semble souscrire; mais pour moy, i'auoüeray franchement que ie ne suis point en cela de son auis, parce que le stile enflé que Ronsard attribuë aux Poëtes Latins depuis Virgile, ne l'est point du tout, comme il le dit, en ceux qu'il a nommez, & que d'ailleurs, ayant à parler seulement des Poëtes Epiques, il ne les falloit point confondre auec d'autres qui ne le sont aucunement,& qui,dans leur espece,ne laissent pas d'estre excellents & dignes de grandes loüanges, non seulement pour les belles pensées; mais encore pour leur stile qui est tres élegant,& certainement moins *empoulé*, pour nous seruir du terme de Ronsard, que ne l'est celuy de quelques illustres de nostre temps, que ie ne veux pas nommer, lequel neantmoins est dans l'estime de tout le monde; De sorte qu'il seroit mal aisé de s'en promettre plus de succés, dans l'opinion vulgaire, par vn stile plus chastié.

Voyons maintenant qui est celuy qui peut pretendre à la gloire du nom de Poëte dans le genre sublime,ie veux dire de Poëte Epique. De la façon qu'il est representé par Aristote, & que le décriuent plusieurs Modernes aprés luy,il est vray qu'il y en a peu qui puissent y aspirer: & le Pere le Moine parlant de la hauteur de l'esprit que demande le Poëme Heroïque, s'en récrie ainsi dans le traitté qu'il en a fait, & que i'ay dé ja cité. *Loin d'vne besongne si vaste & si esleuée, si pompeuse & si magnifique, l'esprit de Stances & d'Epigrammes, plus loin encore l'esprit de chançon & de Madrigal*: & comme il parle toûjours par similitudes, à la memoire de feu Mons. de Balzac, il adjoûte. *Les Colosses veulent estre iettez en d'autres moules que les Poupées : Ils se font auec d'autres outils, & se remüent auec dautres machines.* Et en suitte, *Vn Poëte inspiré est comme vn Vaisseau qui a le vent à souhait, il vogue sans effort & sans trauail d'vne course aisée & impetueuse : & sa vistesse ne se reconnoist que par la diuersité des Costes, des Isles, des païs qu'il descouure. Vn Poëte qui n'a que l'art & l'estude, est comme vn vaisseau qui n'est point porté du vent: Il a beau estre bien peint & bien équippé; auec toutes ces Peintures, auec tout son esquipage, il n'ira iamais en course, & tout ce qu'il pourra faire, sera d'aller à force de bras iusques à la rade.* Toutes ces figures, qui ornent beaucoup le stile de ce Pere, expriment admirablement sa pensée : Et pour s'en expliquer encore plus clairement, il dit vn peu aprés; *Il n'y a gueres que les vrays Poëtes qui soient capables de iuger de la vraye Poësie.* Il y en a donc bien peu sur la regle qu'il a prise ; & continuë, *La pluspart des autres s'y mesprennent d'vne estrange sorte. La fermeté leur est rudesse, & la grandeur leur parroist enflure, ils se plaignent de la force qui les lasse, de l'harmonie qui les estourdit, & des esclairs qui les éblouïssent.* Toutes ces metaphores ne sont-elles pas puissantes & significatiues? *Mais ceux qui en iugent de la sorte*, dit-il, *sont faiseurs de Vers* : & poursuiuant son discours; *Faiseurs de Vers tant qu'il vous plaira : Tous ceux qui font des Vers ne sont pas Poëtes ; n'ont pas attache & commission pour iuger des Poëtes. Ne faut-il que sçauoir apparier quatre rimes, qu'auoir fait vne Chanson, & deux Rondeaux pour iuger en dernier ressort, pour iuger du plus sublime & du plus difficile ouurage de l'Esprit humain? Est-ce assez d'auoir appris deux petites leçons descrime pour prononcer définitiuement sur la conduite d'vne longue*

& laborieuse Campagne? Et vn Mouleur de Poupées, auroit-il droit de se faire le Censeur de Pilon & de Sarasin? &c.

Tout cecy, & ce que cét excellent homme écrit en suite de l'entousiasme necessaire au Poëte, *pour ne le laisser pas dans l'ordre rampant d'vn Versificateur poly, d'vn iuste Rimeur, & d'vn Grammairien harmonieux*, ainsi qu'il parle, s'il doit meriter le nom de Poëte, est fort conforme au sentiment de Ronsard dans la Preface que i'ay alleguée cy-dessus, où il écrit que toute l'ame de la Poësie Heroïque qui imite parfaitement la nature, & qui la peint auec magnificence, *n'est qu'vn antousiasme & fureur d'vne ieune Cerueau: car*, dit-il, *celuy qui deuient vieil, matté d'vn sang refroidy, peut bien dire adieu aux Graces & aux Muses*; Et en suite, en continuant son raisonnement. *Celuy donc qui pourra faire vn tel Ouurage, & qui aura vne bouche sonnante plus hautement que les autres, & toutesfois sans se perdre dans les Nuës, qui aura l'esprit plus plein de prudence & d'aduis, & les conceptions plus diuines, & les paroles plus rehaussées & recherchées, bien assises en leur lieu par l'art & non à la volée, donne luy le nom de Poëte, & non au Versificateur, Composeur d'Epigrammes, Sonnets, Satyres, Elegies, & autres tels menus fatras, où l'artifice ne se peut estendre.* Il se fust bien passé, ce me semble, d'appeller ces sortes d'Ouurages *menus fatras*, qui d'ailleurs est vne expression bien basse, & bien estrange pour luy mesme, qui a fait tant d'Elegies & de Sonnets. Les Esprits d'Horace & de Iuuenal pourroient s'interesser pour la Satyre, & ceux de Catulle & de Martial se pourroient offencer de ce qu'il traitte l'Epigramme auec tant de mespris.

CHAPITRE XIV.

Des qualitez du Poëte.

NOVS auons parlé du Poëme Epique, disons maintenant quelque chose des qualitez du Poëte qui le compose. Ce n'eſt pas aſſez qu'il ait beaucoup deſprit & de genie, qu'il eſcriue facilement, qu'il connoiſſe toutes les graces de la langue, dont il ſe veut ſeruir, qu'il ſcache parfaitement l'art Poëtique, & qu'il ait du loiſir de reſte; il faut encore qu'il ſoit heureux au choix de ſon ſujet, qu'il ſe puiſſe aſſeurer de la protection d'vn Prince ou d'vn puiſſant fauory, qu'il ſoit dans l'eſtime des honneſtes gens, & qu'vn temps dignorance, de troubles & d'agitations continuelles, ne luy ſoit pas contraire, autrement il court fortune de reüſſir mal dans ſon deſſein, & ſe mettra en danger de prendre inutilement beaucoup de peine, qui ne ſçauroit faillir à luy cauſer vne infinité d'ennuis, & peut-eſtre encore à l'immoler à la raillerie publique, pour vſer du terme d'vn celebre Eſcriuain de l'autre Regne, qui fit vne ſi belle traduction de Florus, & qui compoſa auec tant de ſuccés l'Hiſtoire Romaine depuis l'Empire d'Auguſte. Les connoiſſances de l'art ne luy ſuffiſent donc pas ſans le beau naturel, que d'autres appellent genie: & le genie n'eſt pas toûjours ſeur auec les connoiſſances de l'art, s'il n'eſt accompagné de la ſcience. Mais quelque capable qu'il fuſt d'écrire des choſes rauiſſantes, il n'en compoſera que de mediocres, ſi l'on ne luy en demande point d'autres: ou ſi les Eſprits de ſon ſiecle ſont peu touchez des ſublimes. Cependant, ſi les Seigneurs n'ont point de gouſt pour elles, qui aura ſoin de les cultiuer? Si les Grands s'en mocquent, qui prendra leur protection? Les Muſes mépriſées n'ont pas le courage de chanter: Elles ſont auſſi trop pudiques pour ſe montrer toutes nuës. Elles demandent quelque ſoûtien, & peut-eſtre qu'il ne leur faut pas de grands biens pour ſe tenir propres, & pour ne demeurer pas dans l'extréme indigence: mais elles veulent beaucoup de gloire: & comme elles ſont parfaitement genereuſes, ſi le monde les neglige, elles ſe retirent dans leurs Grotes ſacrées, d'où les Profanes ne ſçauroient approcher: ou bien elles-meſmes ceſſent d'eſtre diuines, & ſe corrompent parmy le vulgaire.

C'eſt donc aux Princes & aux Puiſſants à les honorer de leur eſtime, & à leur donner des marques de leur magnificence & de leur liberalité; mais ſur tout, ſi le deſir de la loüange les touche, ou plûtoſt ſi la noble enuie de ſe ſuruiure à eux-meſmes, les flatte tant ſoit peu, ou qu'ils apprehendent que leur nom demeure aprés leur mort, enſeuely dans l'oubly. Tandis que cét Eſtat croiſt en ſplendeur ſous l'authorité Souueraine de ſon ieune Prince, qui fait de ſi belles choſes, & qui en promet de ſi grandes pour l'auenir, ne ſe faudroit-il pas émerueiller, ſi nous n'auons point de genie parmy nous, comme eſtoit celuy de Virgile du temps d'Auguſte, & qu'il ne ſe trouue point aujourd'huy de Trompette, comme la ſienne, pour ſonner les grands combats, & les ſuiets ſublimes? Vn Ancien diſoit à ſon Amy qui luy fit vne pareille queſtion; Qu'il y ait des Mecenes, mon cher Flaccus, les Virgiles ne manqueront point parmy nous, & tes propres Villages t'en donnerons quelqu'vn que tu ne ſçaurois iamais aſſez loüer.

Sint Mecenates, non deerunt, Flacce, Marones
Virgiliumque tibi vel tua rura dabunt.

Car le Poëte Valerius Flaccus autheur du Poëme des Argonautes, à qui Martial addreſſoit ces paroles, eſtoit d'vn petit lieu proche le territoire de Mantouë, d'où Virgile eſtoit né.

Il eſt vray que Tityre affligé de maladies, & des miſeres de la guerre perdit le champ qu'il auoit dans le voiſinage de Mantouë pour eſtre trop proche de la mal-heureuſe Cremone, & pleura la perte de ſes Brebis: mais le Cheualier Toſcan le conſola de ſes plaintes, repouſſa genereuſement la pauureté maligne qui le gourmandoit, & luy fit part de ſa faueur dans la Cour d'Auguſte. Auſſi-toſt il conceut le grand deſſein de l'Hiſtoire d'Italie, qu'il changea depuis pour le ſujet de ſon Poëme immortel, ayant à peine acheué d'vne bouche ruſtique de plaindre la mort du moucheron. Manquerons nous donc de Virgiles, ſi ceux qui ont la puiſſance & le credit donnent des marques de la liberalité de Mecenas? Nous n'aurons pas ſeulement des Virgiles Poëtes; mais des Virgiles grands Seigneurs, & de grande qualité.

Virgilius non ero, Marcus ero.

Quant aux qualitez du Poëte; Son humeur ne doit eſtre ny trop chagrine, ny trop gaye: il doit eſtre ciuil & modeſte, agreable en conuerſation, & ſe donner bien de garde, pour ſa propre gloire, de paroiſtre reſueur, ou comme tout tranſporté hors de ſoy meſme, comme il eſt arriué ſouuent à quelques-vns, quand leur fantaiſie s'échauffoit. Il eſt bon qu'il ſe retire en ce temps-là, & qu'il conuerſe auec peu de perſonnes, parce qu'il ne le pourroit faire, ſans ſe rendre en meſme temps ridicule. S'il eſt ſatisfait de ſa compoſition, qu'il s'abſtienne bien d'en marquer trop de ioye, & beaucoup plus, de dire à tout le monde la grande opinion qu'il a conceuë du ſuccez de ſon Ouurage : il n'eſt rien de plus mauuaiſe grace, ny rien auſſi qui luy reüſſiſſe moins. Si i'en eſtois cru, il en parleroit auec grande modeſtie, & n'en feroit pas trop le rencheri, auant que de l'auoir mis au iour. Il ne le feroit point attendre trop long-temps, & ne le produiroit point en ſuitte, comme la plus grande merueille de ſon ſiecle. Ie me ſuis apperceu toute ma vie que cette conduitte a eu peu de ſuccez ; & quelques Ouurages meſme, qui d'ailleurs eſtoient de beaucoup de merite, ont perdu leur credit, & la recommandation qu'ils auoient d'eux meſmes par ce moyen-là. Ils ont fait naufrage contre cét Ecueïl, que ie tiens tres dangereux : Il ſuffit de ne pas condamner ſoy meſme les choſes que l'on écrit, il ne les faut iamais trop loüer : car par cette mauuaiſe inuention, on ferme ſouuent la bouche à des Perſonnes ciuiles & iudicieuſes, qui en diroient beaucoup de bien, & qui n'en diſent rien du tout, parce qu'ils n'en ſçauroient iamais dire aſſez au gouſt du Poëte, & de l'Autheur enchanté de la trop bonne opinion qu'il a de ſon genie & de tout ce qu'il écrit en quelque genre que ce ſoit ? Ce n'eſt pas auſſi qu'il ne ſoit fort faſcheux d'auoir trauaillé auec grand ſoin à quelque Ouurage important, & de n'en receuoir nulle marque d'eſtime & nul applaudiſſement de ses Amis, ou de ceux qui sont en reputation de gens d'esprit. I'auouë qu'il y a peu de chose plus sensible, quand on sçait fort bien que l'on n'est point indigne d'vn meilleur traitement : mais, quoy qu'il en soit, il faut, s'il se peut, dissimuler ce ressentiment, & ne se preocuper iamais de trop de bonne opinion de soy mesme, comme si l'on estoit vnique en son genre, ou qu'il ny eust rien au monde qui se pust mettre en comparaison. Cela n'est point vray, & ie ne croy pas que l'on puisse s'abuzer plus mal-heureusement que d'en auoir seulement la moindre pensée.

Ie sçay bien que quelques-vns se sont fort loüez, & qu'ils en ont esté crûs : vne certaine mode, ou cabale, ou intrigue leur auoit donné cette licence, & ne leur a pas refusé en cela, pour vn temps, le plaisir qu'ils s'en pouuoient promettre. Mais ie n'ignore pas aussi que l'exemple n'en soit dangereux, & que ceux mesmes qui ont pû s'imaginer qu'il en auoient bien profité, n'en ayent souffert quelquesfois des railleries tres piquantes, & ne se soient vûs appeller par vn Sarcasme tout à fait offensant Empereurs & Princes de l'Eloquence Françoise. On les a nômez des Narcisses enchantez de leurs propres perfections pour s'estre trouuez admirables : & bien souuent leur vanité excessiue les a rendus ridicules, si elle ne leur a pas acquis des Enuieux, ou si elle ne s'est pas contentée de leur attirer du mépris.

Cela ne sert donc de rien, & nuit le plus souuent ; De sorte que le plus seur est de demeurer toûjours dans la retenuë, de n'y faire pas tant de façon, & de laisser à chacun la liberté de son iugement.

Si i'en suis crû, le Poëte ne fardera point aussi son langage ny le ton de sa voix, pour donner opinion à ceux qui l'écoutent, qu'il entend parfaitement la politesse & la galanterie. Il n'est rien de plus mauuaise grace. Il faut parler vniment ; & n'affecter point de gestes particuliers, ny de mots precieux. Il faut s'abstenir pour cela mesme de trop de familiarité auec les Grands : car ceux qui s'en moquent le plus, en font le moins de semblant, & se joüent en l'absence du bel Esprit, de ce qu'il s'estoit persuadé que l'on auoit le plus admiré. I'ay trop vû le monde, & ie l'ay trop bien connu pour ignorer cette verité.

Il est des bons Poëtes & de tous ceux qui écriuent bien, ce qui s'obserue communement des Braues & des personnes de qualité : si les Braues ne parloient iamais que de leur vaillance & de leurs exploits guerriers, & les personnes de qualité, que de leur haute noblesse ou de l'authorité de leur charges, ils seroient insupportables, & odieux, pour ne dire pas mesmes ridicules. Aussi les gens qui font de beaux Vers, ou qui ont merité quelque reputation, ne doiuent point entester toute la terre de leurs admirables écrits, & de leur rare erudition, comme nous en auons connu quelques-vns, qui pour vne seule Epigramme Latine, ou vn sonnet François, ou pour la restitution de quelque mot dans vn liure ancien, ont fait plus de bruit, & se sont erigez plus de trophées au preiudice de tout le reste, que n'en pretendroient les plus grands Capitaines du monde pour des seruices importants rendus à l'Estat par vne valeur nompareille. Cependant ces personnes de haute qualité, ces grands Capitaines & ces guerriers fameux, sont toûjours modestes, ils ne s'attribuent aucune gloire de leur grande valeur, ils se l'ostent mesmes, s'ils peuuent en quelque sorte, pour la donner à leurs Amis; leur courtoisie est exemplaire sur ce sujet; & l'on ne voit rien de cette noble fierté de leur ame qui choque qui que ce soit, & parlent bien plustost des bonnes actions des autres, que des leurs propres; Et l'on trouueroit supportable vn docte Escriuain, qui ne parleroit que de ses Liures, ou des belles inuentions de son Esprit, & mespriseroit tous les autres? Il ne s'y faut pas attendre: Et plus on a de science, & de ce charmant Esprit des Muses, & plus il faut auoir de modestie & d'humilité.

CHAPITRE XV.

De l'Imitation.

IE ne croy pas que l'Imitation soit absolument necessaire pour faire vn Poëme illustre, puis que les premiers qui ont acquis de la reputation en ce genre d'écrire ne s'en sont pas seruis; & qu'en effet, vn beau naturel s'en peut bien passer. Cela n'empesche pas qu'il ne soit vtile de se former sur le modelle des Anciens. C'est pourquoy les Latins ont pû imiter les Grecs qui les auoient deuancez: & les François & les autres Peuples des Langues viuantes peuuent également imiter les Grecs & les Latins. Si neantmoins nous imitons les Anciens, & les excellents hommes des derniers siecles, il ne faut pas que ce soit d'vne façon seruile, ny iusques à leurs vices.

Decipit exemplar vitiis imitabile.

Et certes, si quelqu'vn en vouloit vser de la sorte pour faire l'habile homme, nous n'aurions pas moins de suiet de rire que ce Poëte qui dans sa colere appelloit *Bestes seruiles*, les imitateurs de ce genre-là.

O imitatores ! seruum pecus, vt mihi sæpe
Bilem, sæpe iocum vestri mouere tumultus.

Horace Ep. 19. du 1. liu. à Mecenas.

Mais bien qu'Horace ait esté le premier, comme il dit luy mesme, qui ait fait voir à l'Italie des Vers jambiques, si est-ce qu'il auouë sincerement qu'il les auoit amenez de l'Isle de Paros, & qu'il auoit suiuy la mesure & le genie d'Archiloque, sans auoir pris ses pensées ny ses paroles, pour causer le desespoir de Lycambe ; il veut dire pour faire vne Satyre mordante. A quoy il adjoûte, qu'il a suiuy l'exemple de Sappho, qui temperoit par sa belle maniere les nombres d'Archiloque, & qu'Alcée y apportoit tout de mesme de la moderation.

On peut donc imiter les Anciens & les excellents hommes des derniers temps, & principalement ceux des Langues estrangeres, ce qui a toûjours esté pratiqué par les plus beaux Esprits: & certes, il seroit fort inutile d'auoir beaucoup estudié, s'il n'estoit pas permis d'en profiter. Mais il faut aussi que l'imitation soit de telle sorte qu'on n'en transcriue pas les pensées, ou qu'on n'en fasse que changer les noms & les termes, sans y rien mesler du sien. Virgile a imité Homere, Apollonius, Tryphiodore & Quintus, Calaber pour l'Eneïde, & Theocrite, Hesiode, & Pendare pour les Bucoliques & les Georgiques, & plusieurs qui sont venus aprés Virgile, ont essayé de marcher sur les pas de ce grand homme,

& l'ont chosi pour modelle dans le Poëme Epique. Il en est ainsi de quelques autres selon les sujets & les genies differents : mais non pas de tous : car il ne faut pas douter que, plusieurs autres n'ayent essayé de faire des Ouurages de pure inuention sans aucune imitation, si ce n'est dans les choses où il est impossible de ne se pas rencontrer auec les Anciens, comme dans la disposition des parties principales d'vn Ouurage, selon les regles prescrites de l'Art fondé sur la belle Nature qui se trompe rarement.

Iules Cesar Scaliger a fait plusieurs Chapitres exprés sur ce sujet dans le cinquiéme liure de la Poëtique, qu'il appelle *Critique*. Ie me contenteray d'en prendre quelques exemples que ie ioindray à d'autres des Anciens, & que ie confereray auec les Poëmes de nos François ; ce sera dans mes Remarques sur l'Eneïde le plus succinctement qu'il me sera possible, afin de ne pas ennuyer.

Ie ne diray rien des Comparaisons que cét Autheur fait des Latins auec les Grecs, & sur tout de Virgile auec les Poëtes que i'ay dé-ja nommez. Ie ne raporteray point non plus les conformitez qu'il a recherchées entre les Latins, dans son Chapitre de la Peste, où il recueille auec soin ce qu'en ont dit aprés Thucidide, Lucrece à la fin de son 6. liure, Virgile à l'imitation de Lucrece sur la fin de son 3. liure des Georgiques, Ouide dans le 7. liure de ses Metamorphoses ; Lucain dans le 6. liure de sa Pharsale, & Silius Italicus dans le 14. liure de sa Guerre Punique, qui sont toutes pieces dignes d'admiration, & sur tout celles de Lucrece & de Virgile. Ie ne m'arrem'arresteray pas non plus à rapporter icy les descriptions des Tempestes qu'il a touchées de diuers endroits de Virgile, d'Ouide, de Lucain, de Stace, & de quelques autres : ny les imprecations qu'il a recherchées d'Homere, de Catulle, de Virgile, d'Horace, d'Ouide, de Seneque, de Valerius Flaccus, de Stace, & de Claudien. Tout cela seroit trop long, & i'en ay touché quelque chose dans mes Remarques sur l'Eneïde : mais quelque dessein que i'aye eu d'estre court en ce lieu-là, comme ie me l'estois proposé, ie crains bien de ne l'auoir gueres esté. I'y ay pris quelque chose de son 14. chap. où il allegue plusieurs comparaisons tirées des Animaux, & de plusieurs autres choses de la Nature, qui portent en elles-mesmes des descriptions agreables, & qui tiennent lieu de petits Epizodes dans le Poëme Epique, pour délasser le Lecteur : mais en cela, ie ne me suis pas contenté des exemples qu'il allegue, en ayant rapporté beaucoup d'autres des Poëtes anciens & nouueaux, & particulierement de nos François, quand l'occasion s'en est offerte, sans m'arrester à l'ordre que Scaliger a suiuy.

Il faut bien s'empescher d'imiter ceux qui ne sont pas congrus, qui se seruent improprement des termes qui sont en vsage, & qui confondent les temps des verbes, ny ceux qui estant plus corrects, ont aussi peu de genie, & ne tombent à la verité iamais, parce qu'ils sont toûjours rampants, ny ceux qui pour se vouloir éleuer trop haut, ne disent iamais rien naturellement.

Ces sortes de modelles sont dangereux, & trompent le plus souuent les jeunes-gens, qui ne font que commencer.

Ie ne parle point icy de ceux qui ont traduit en Vers, quoy qu'il y en ait d'excellents, & ie veux croire que Monsieur de Segrais sera de ce nombre-là pour sa version de l'Eneïde, qu'il nous prepare, parce que c'est vn fort bel Esprit, & qu'il est iuste d'en conceuoir beaucoup d'opinion par les beaux Vers que nous auons dé ja vûs de luy. La Traduction est quelque autre chose que l'imitation, dont nous auons des exemples des Anciens. Ennius auoit imité d'Homere: & Virgile auoit imité d'Ennius, d'Homere, de Theocrite, d'Hesiode, de Pindare, d'Apollonius, de Tryphiodore, & de Quintus Calaber: Æmilius Macer, auoit imité de Nicander: Varron, de Menippe: Ciceron, de Panetius dans ses Offices: Tite-Liue, de Polybe: Ouide, de Parthenius de l'Isle de Scio: Cornelius Celsus, d'Hippocrate: Hyginus, de Cornelius d'Alexandrie; Stace, d'Antimache: Valerius Flaccus, d'Apollonius Rhodius: Apulée, de Lucius de Patras: & Boëce, dans sa Musique, de Nicomache, selon la Remarque, qui en a esté faite depuis peu par Monsieur Huet, dans son liure *De optimo genere interpretandi*, c'est à dire, *De la meilleure maniere de Traduire*, où cét Autheur debite de fort bonnes choses sous le nom de Casaubon, pour les Versions de la Bible, & pour vn grand nõbre d'autres liures anciens Grecs & Latins, sans faire beaucoup d'estat des Traductions en nôtre langue, si ce n'est de celles de Seyssel, de Iacques Amiot, de Blaise, de Vigenere, & de François de Malherbe: car il ne dit rien de celles de Nicolas Coëfteau Euesque de Dardanie, de Guillaume du Vair Euesque de Lisieux, & de quelques autres qui valoient bien la peine d'estre considerez. Pour ceux qui sont venus depuis, il est vray que Casaubon n'en pouuoit rien dire; Mais il estoit facile à celuy qui l'a fait si bien parler en tant de lieux, de marquer ailleurs le sentiment qu'il a de ces choses-là, s'il en a vû quelques-vnes, où s'il n'a point de preocupation, pour en bien iuger, cõme il arriue d'ordinaire à ceux qui s'appliquent principalement à écrire en latin. Quant aux Versions composées par des Anciens, il est vray, qu'Ennius, Pacuue, Accius, & Attilius auoient traduit beaucoup de choses d'Æschyle, de Sophode & d'Euripide, s'il en faut croire le témoignage d'Aulugelle, de Varron, de Priscien, & de Festus. Il est vray, que Plaute, Terence, Cæcilius, Affranius, & Aquilius, n'en auoient pas moins fait de Demophile, de Philemon, de Diphyle, d'Epicharme, de Menandre, & d'Apollodore, comme plusieurs de ceux qui les ont traduits le disent eux-mesmes. Germanicus auoit aussi rendu en sa langue les Phenomenes d'Aratus, Ciceron l'auoit fait auant luy: l'Atys de Catulle a esté traduit de Callimaque, & Varron qui estoit Gaulois auoit rendu en Latin le Poëme Grec d'Apollonius. Vn certain Macer n'en auoit pas moins fait de l'Iliad'Homere, & ainsi de quelques autres. De sorte, que la Traduction n'est pas vne chose si nouuelle que plusieurs se l'imaginent: & ceux qui reüssissent en ce genre d'écrire ne sont pas moins dignes de loüange, qu'ils se rendent vtiles à leur Patrie, & qu'ils enrichissent leur Langue, de tout ce qui s'est conserué des Langues mortes, ou que les Estangeres nous ont donné de plus beau dans leurs Liures.

On vient facilement de l'Imitation à la Traduction : mais quoy qu'il en soit, il est beaucoup plus aisé d'imiter, que de traduire, de quelque façon que l'Imitation se fasse; pourvû qu'en l'vne ou en l'autre, on trauaille élegamment, sans quoy tout ce que l'on écrit, ou que l'on fait en ce genre-là, n'est d'aucune consideration. Ie l'ay dit dans mes Remarques auec assez de soin, pour suppléer à ce qui peut manquer, à ce traité, & sur tout au sujet de l'Imitation qui en fait, à mon auis, la plus considerable partie.

Le Traducteur doit suiure exactement la pensée & la force des termes de l'Autheur qu'il traduit, & doit conseruer toutes ses graces autant que sa langue les peut souffrir, pour estre élegant & fidelle, & l'Imitateur au contraire doit vser d'vne grande liberté; mais non pas sans beaucoup de iugement. Cependant bien souuent le Traducteur est libertin, & l'Imitateur est seruile.

O imitatores seruum pecus !

Vne Loy qui est bonne pour les vns, ne vaut rien pour les autres, chacun, à mon auis, doit garder celle qui luy est propre. Si le Traducteur n'est iuste & fidele, il n'est pas élegant, & si l'Imitateur n'vse pas d'vne pleine liberté, sans s'astraindre à quoy que ce soit, pourueû qu'il ne s'émancipe point trop, & qu'il ne sorte point de son sujet, il ne trauaille pas heureusement. Il faut toûjours chercher de la nouueauté pour surprendre agreablement : mais il la faut chercher raisonnable, & dans les beautez de la Nature, qu'vn bel Esprit voit voit tout autrement qu'vne Ame vulgaire. Plusieurs ont d'écrit des Tempestes furieuses, des guerres sanglantes, & des maladies funestes ; mais tous ne l'ont pas fait de la mesme maniere, comme il sera facile de le iuger par tout ce que i'en ay rapporté dans les Remarques que i'ay faites sur les Ouurages de plusieurs Poëtes ancions ; mais principalement sur l'Eneïde, qui est sans exception le plus illustre & le plus estimé de tous ceux que nous auons entre les mains, & que nul iusques icy, quelque effort qu'il en ait pû faire, n'a pû encore surpasser.

Toutes les choses du monde ont diuerses faces, &, se voyent toutes differemment ; mais l'importance est de les voir dans vn bon iour & de la belle maniere, ce qui n'est donné qu'à peu de personnes. Plus vn Esprit est beau, & plus il trouue de diuersitez agreables dans les objets : & nostre Sainct Amant par exemple, a vû des choses dans sa Solitude, dans sa Nuit, dans sa Matinée, dans sa Pluye & dans son Contemplateur, que d'autres ny eussent peut-estre iamais apperceuës, ou qu'ils n'y eussent pas si bien vuës. Son passage de la Mer Rouge, son Eau qui sort du Rocher frappé de la main de Moyse dans le desert, ses Nageurs, & beaucoup d'autres choses qu'il a faites fort agreables sont de ce nombre-là. Il en est ainsi d'vne infinité de lieux qui se lisent dans les Escrits de plusieurs que i'ay alleguez dans ce Traité, & de tous ceux de qui le nom s'est rendu si memorable par tant de beaux Ouurages, dont ils ont enrichy nostre langue, laquelle ils perfectionnent de iour en iour. I'en ay fait ailleurs vne assez belle, & assez ample enumeration, de laquelle ie ne pense pas auoir iamais ſujet de me dédire ; parce que Tous ſont de beaucoup de merite, & qu'il y en a pluſieurs qui ſont au deſſus de toutes les loüanges que ie leur pourrois donner.

L'Imitation qui doit eſtre libre & ingenieuſe, eſt donc bien differente de la Traduction ; mais toutes les deux doiuent eſtre élegantes pour meriter quelque Reputation, ſi l'on s'en oſe promettre aprés de longs trauaux.

I'ay imité moy meſme dans ce traitté beaucoup de perſonnes qui ont écrit auant moy, ſur ce ſujet, ie n'en ay traduit aucun, & ſans m'aſſujettir à l'vn plus qu'à l'autre, i'y ay meſlé bien des choſes, que ie ne croy pas qui ſe trouuent ailleurs, les ayant tirées comme i'ay fait de ma pure meditation, & des Obſeruations diuerſes que i'ay faites dans la Lecture des Poëtes.

Au reſte, il faut bien s'abſtenir de iuger de la beauté d'vn Poëme par celle des Comparaiſons, en quoy quelqu'vn pourroit auoir acquis quelque reputation, & n'eſtre que fort mediocre en tout le reſte. Il ne ſuffit pas pour y exceller de faire de beaux Vers, & de prendre de nobles ſujets, il les faut encore traitter iudicieuſement, & auec vne varieté telle qu'il ne paroiſſe point qu'on y ait rien affecté, car l'affectation en toute choſe eſt vicieuſe. Il en eſt ainſi de toutes les autres choſes. Et ceux qui ont trauaillé à faire des Poëmes Heroïques ſe ſont dû efforcer de n'y rien laiſſer de mediocre, parce qu'il faut auoüer, que c'eſt eſtre mauuais Poëte, & ſur tout dans le genre Heroïque, que de l'eſtre auec mediocrité.

I'ay eſſayé donc dans la matiere que i'ay traiteé de meſler bien des choſes qui n'ont pas eſté dittes par les autres, qui ont escrit auant moy, sur le mesme suiet: I'y ay cherché auec soin le merite de plusieurs Ouurages Poëtiques de nostre temps, pour leur rendre l'honneur que i'ay crû leur estre deub. Si leurs Autheurs qui sont encore viuants le trouuent bon, i'y auray beaucoup gaigné. Mais ie ne sçay pas, si ie m'y dois attendre: car la delicatesse est aujourd'huy si grande en toutes choses, & sur tout, en ces matieres-là, que si l'on ne donne des loüanges excessiues aux Ouurages qui portent leur nom, il est à craindre que quelques-vns ne s'en tiennent pas moins des-obligez qu'ils le deuroient estre, ce me semble, si l'on n'en auoit rien dit du tout.

Ie n'ay oublié personne à dessein de le fascher, & pour ceux que i'ay nommez ou désignez par leurs Escrits, i'ay crû en cela marquer l'estime que i'en fais, quoy que ie m'en sois peut-estre expliqué auec vn peu trop de liberté.

Fin du Traité du Poëme Epique.

Extrait du Priuilege du Roy.

PAR Grace & Priuilege du Roy, donné à Fontainebleau le dernier iour de Iuillet 1661. Signé, Par le Roy en son Conseil, GVITONNEAV: Il est permis à GVILLAVME DE LVYNE, Marchand Libraire-Iuré à Paris, de faire imprimer, vendre & debiter, toutes *les Oeuures de Virgile, de la Version* DE MICHEL DE MAROLLES, *Abbé de Villeloin*; Pendant le temps de dix ans, & deffences sont faites à tous Imprimeurs, Libraires, & autres personnes de quelque qualité & condition qu'elles soient, de faire imprimer, vendre, & debiter, sans le consentement dudit DE LVYNE, lesdites Oeuures cy-dessus énoncées, à peine de deux mil liures d'amande, & de tous dépens, dommages & interests : comme il est plus au long porté par lesdites Lettres.

Acheué d'imprimer pour la premiere fois, le 2. Ianuier 1662.

Les Exemplaires ont esté fournis.

Registré sur le Liure de la Communauté le 26. Aoust 1661.

Signé DV BRAY, Scindic.

www.ingramcontent.com/pod-product-compliance
Ingram Content Group UK Ltd.
Pitfield, Milton Keynes, MK11 3LW, UK
UKHW020915180726
13838UKWH00002B/563

9 782329 330761